孩子是可以敬服的，
他常常想到星月以上的境界，
想到地面下的情形，
想到花卉的用處，
想到昆蟲的言語；
他想飛上天空，
他想潛入蟻穴……

魯迅與中國兒童文學的發展

嚴吳嬋霞／著

中華教育

目錄

1987 年 5 月 26 日，作者從陳伯吹先生手上接過兒童文學園丁獎

1987 年第一屆滬港兒童文學交流會期間，作者於魯迅故居前留影

1993 年滬港兒童文學交流會，作者與陳伯吹先生合照

1995 年，作者與陳伯吹先生合照

2001 年 10 月 6 日，作者與冰心女兒吳青女士在
第十二屆冰心兒童圖書獎頒獎禮中合照

2007 年 3 月，作者在香港中文大學「魯迅是誰？」展覽

2007 年，香港中文大學「薪火相傳：香港兒童文學發展六十五年回顧展」上，作者與兒童文學家黃慶雲女士合照

作者與陳伯吹先生之子，前北京大學校長陳佳洱先生合影

2012 年 5 月 30 日，山東煙台冰心紀念館前與冰心銅像合影

作者與華東師範大學張錦江教授(序一作者)合影

序一

魯迅對中國兒童文學影響的直言書

那是 2018 年 11 月在世博園上海國際童書展期間的某天，將近中午的時候，我與香港女作家嚴吳嬋霞相遇，她交給我一疊厚厚的書稿，她說，這是一本關於魯迅與中國兒童文學的理論專著，她請我為此書作序。就此一別，這部題為《魯迅與中國兒童文學的發展》的書稿一直在我的案桌上擱着。我想，對於這樣的專著必須靜心研讀，才能說出一些想法來。皆因手頭創作《新說山海經》系列神話小說長卷，分不出身來，就這麼一直擱着，不敢輕易動手。今年 7 月 26 日接到她的微信說：「我的論文《魯迅與中國兒童文學的發展》將交由香港中華書局出版繁體版。」接着又一微信說了這部書的成因：「1987 年完成，當時中國兒童文學資料不好找，從七十年代在英國和美國各大圖書館訪尋，到八十年代在內地、香港搜集，不是為了拿個甚麼學位，只是因緣巧合，遇到饒宗頤、羅慷烈這等大師級老師(兩位已作古)還有雲惟利教授，就重返校園(註：澳門東亞大學研究院)迫自已把資料催生成論文。之後，又過了三十年，前年搬家時翻出來，覺得目前仍未有人作此研究，就想到出版也許方便後來研究者作參考。」還有一微信讓我坐立不安了，她寫到：「我最大願望是能邀請到錦江兄為此書作序，對我來說具有重大意義！」她的盛情與催促，使我難以推諉，我那時正為一家雜誌趕寫一篇專欄，盛暑之下，揮汗而書，並回覆到：「這幾日忙着寫專欄。等幾天我定拜讀作序。」又過了月餘，在 8 月 30 日，她發微信說：「魯迅論文由香港中華書局出版，如果張兄序文可於 9 月底完成最好不過了。」這時的我覺得不能再拖了，隨即回覆：「好！我一定努力完成。」我與她是老朋友了，「受人之託，忠人之事」，我與嚴吳嬋霞相識於八十年代初期，她是香港的才女，寫有一手好散文，兒童小說、童話都很出色，是香港兒童文學界的領軍人物之一，曾擔任香港兒童文藝協會會長，又是香港兒童圖書出版界的佼佼者，1995 年至 2004 年曾出任香港新雅文化事業出版有限公司董事總經理兼總編輯。她的事，我當仁不讓，隨即我用了四天的時間細讀了這部書稿，並想到如下閱後要說的話。

有關魯迅與中國兒童文學的話題，並非是新鮮的話題，有過若干這類論文與著作。然而，嚴吳嬋霞的《魯迅與中國兒童文學的發展》，有着獨立存在的價值。本書全篇共七章，分別是：「緒論」「魯迅之前的兒童文學觀」「魯迅的童年與兒童文學」「魯迅的兒童文學理論」「魯迅與科學小說」「魯迅與現代中國童話」「結論」。作者在論述這些篇章中有兩個不可忽視的特點，一是注重魯迅與中國兒童文學發展的主線索，系統而詳實的考證的可信性、充分性、飽滿性，這在過去的若干的魯迅與中國兒童文學的研究中是欠缺的，顯然它給予後來研究者提供了不可多得的參考價值。二是對魯迅給予中國兒童文學的影響，不是誇大的、神化的，而是實事求是，考究研討的客觀性、直觀性、真實性，論述中魯迅的兒童文學觀念的起伏變化、糾偏、堅持，都說得明明白白，並且對中國兒童文學的若干討論也都毫不掩飾地坦露無遺，可算是一部魯迅對中國兒童文學影響的直言書。這在我們過去的「魯迅熱」「魯迅潮」中是少見的。

在中國現代文學上佔有重要顯赫地位的一代文學大師魯迅先生，在他早期的文學活動中，對中國現代兒童文學的創作與理論的初期階段起到了開蒙與推進作用。

本書作者首先論述了中國現代兒童文學的兒童觀在魯迅之前後的本質變化。作者認為「中國有『兒童文學』這個名稱，始於『五四』時代。」，作者並引證了安妮・佩洛斯基的《世界兒童文學》與漢弗萊・卡彭特和瑪利・普理查德的《牛津兒童文學指南》的論斷「中國是一直到了二十世紀才有專為兒童而寫的文學的」，也就是說，在「五四」時代之前，不存在有現代意義上的中國兒童文學，自然也無所謂兒童文學的兒童觀說法。魯迅的先進的兒童觀起始於對中國社會教育的看法。作者論述了舊式的蒙學教育的弊端，指出「舊式的兒童教育主要是成人本位教育，兒童是被看作縮小的成人」，又說：「如果我們把科舉考試未廢止以前的兒童讀物檢視一番，便會發覺純粹以兒童本位而編寫的兒童讀物幾乎是不存在的，當時的教科書幾乎完全是蒙學教本，不合兒童的生活和趣味，而成人要求兒童背誦強記。廣義來說，這是成人本位的兒童文學。」鑒於當時中國教育的現狀，魯迅在 1918 年發表的第一篇白話文小說《狂人日記》中，發出了「救救孩子」的呼聲，接着又在 1919 年發表了《我們現在怎樣做父親》，主張解放孩子，使他們成為一個獨立的人。作者認為，「從魯迅這種嶄新的兒童教育思想可以看出他的以兒童為本位的兒童文學觀」。魯迅的新生而嘹亮的「救救孩子」的呼聲的回應使 1922 年的教育發生了兩個變革，小學教科書白話化和兒童文學化。更重要的是催生了真正意義上的中國現代兒童文學的誕生，其標誌是 1922 年葉聖陶創作發表的《稻草人》和 1923 年冰心創作發表的《寄小讀者》。我認為，作者對魯迅從社會教育出發的先進兒童觀，對中國現代兒童文學的誕生，文學兒童本位的催生起到了啟蒙開闢作用。作者的這個結論是靠得住的。

第三章的「魯迅的童年與兒童文學」。其內容我以為實際上是對第二章「魯迅以前的中國兒童文學觀」的兩處補充，一是舊式蒙學的弊端與危害的真實明證，就發生在童年魯迅身上。二是魯迅自童年起「最初的兒童文學經驗」來自兩個方面：一是私塾的讀書生活，二是聽祖母和長媽媽講故事。人生初步涉世的魯迅對兒童讀

聽祖母和長媽媽講故事。人生初步涉世的魯迅對兒童讀物的「文學反應」的好惡判斷，為日後他形成教育的先進的兒童觀與兒童文學的兒童本位論留下了刻骨銘心的印記。這些論述豐厚了前面魯迅對於中國兒童文學的兒童觀形成的啟示內容。

第四章寫了魯迅的兒童文學觀及其影響。應該說，這是本書的最重要的章節。以至後面的第五章「魯迅與科學小說」和第六章「魯迅與現代中國童話」。實際上是對第四章內容的加強、充實。魯迅終其一生並無專論中國兒童文學的作品，他的兒童文學觀的論斷散見在他的雜感、創作、譯文以及日記、書信中。然而，就是這些散見的文字中洋溢着、充盈着兒童文學的新的思想與新的希望，這些文字的影響力那般持久，那般耐讀，那般深遠，以至直到今天都給兒童文學作家、翻譯家、編輯家、教育工作者予以實在的教益。

魯迅這些散見的兒童文學論述與判斷，本書作者作了精心的歸納。有幾點是值得一說的。

其一，魯迅給孩子予以「人」的地位的確認。「救救孩子」是魯迅為孩子爭取「人的地位」的吶喊。關於孩子是「獨立的人」的主張，魯迅有許多文字在強調着，如「小的時候，不把他當人，長大以後，也做不了人。」「子女是即我非我的人，但既為分立，也便是人類中的人。⋯⋯因為非我，所以也應為解放，全部為他們自已所有，成一個獨立的人。」等。因此魯迅確立的「以幼者為本位」的兒童教育觀，「長者須是指導者協商者，卻不該是命令者。」對孩子作為「人」的尊重的主張，對今天的現實都有實際指導意義。

其二，魯迅對於兒童文學有關兒童心理、語言、題材、插畫等方面的獨到見解。魯迅學過醫，對兒童的心理與成人的心理截然不同這點，魯迅作了這樣的比喻：「但孩子在他的世界裏，是好像魚之在水，游泳自如，忘乎所以，成人卻有如人的鳧水一樣，雖然也覺到水的柔滑和清涼，不過總不免吃力、為難，非上陸地不可了。」魯迅又說：「孩子是可以敬佩的，他常常想到星月以上的境界，想到地下面的情況，想到花卉的用處，想到昆蟲的語言；他想飛上天空，他想潛入蟻穴⋯⋯」，魯迅認為幻想是兒童生活的一部份，這是成人所缺少的。魯迅重視兒童語言的運用，他認為「說白話文應『明白如話』」「要從活人的嘴上，採用有生命的詞彙」「也就是學學孩子，只說些自己的確能懂的話」。魯迅身體力行，在自已的小說創作與譯作都堅持文字一定要順口和易懂。特別是譯作兒童文學作品，他更是遵守顯淺易懂這個原則。魯迅歸納兒童文學題材的目標，把兒童培養成「以新的眼睛和新的耳朵，來觀察動物、植物和人類的世界者」，並且「使他向着變化不停的新世界，不斷地發榮滋長。」，他提倡兒童文學題材的多樣化，要做到「博學和敏感」。魯迅對兒童文學的見解可謂涉獵廣泛，連兒童插畫也關注到。他認為「而且有些孩子，還因為圖畫，才去看文章，所以我認為插圖不但有趣，而且亦有益。」他還認為除了插畫能吸引孩子的閱讀興趣，還有一層作用就是與文字起到配合、互補之功。魯迅還對當時的《看圖識字》、吳友如畫的《女二十四孝圖》和《後二十四孝圖說》作過諸多批評。並提出了對插畫家的要求：必須「熟悉他所畫的東西」要有「切實的知識」。

其三，魯迅的「兒童本位論」對於同時代的作家影響及其實踐中的辯真。應該說，在魯迅的引導下，最忠實地響應其號召的實踐者，首提的該是郭沫若，就在魯迅 1918 年 5 月發表《狂人日記》和 1919 年 11 月發表《我們現在怎樣做父親》之後，1921 年 1 月，郭沫若發表了《兒童文學之管見》，郭沫若開宗明義就指明「兒童文學，無論採用何種形式 (童話、童謠、劇曲)，是用兒童本位的文字⋯⋯」。另一位重要的實踐者就是鄭振鐸，鄭振鐸 1922 年 1 月主編《兒童世界》，他的編輯宗旨正是從魯迅的「救救孩子」的呼喊開始的。他說：「兒童比成人得更當心的保養。關於兒童讀物的刊行，自然得比一般讀物的刊行更要小心謹慎。『救救孩子吧！』」還有一位出色的實踐者，便是陳伯吹。陳伯吹 1936 年早春與魯迅有一次面緣，得到魯迅短暫的真傳。以至陳伯吹終其一生為孩子寫作「小孩子的大文學」。陳伯吹的「童心論」，便是他心目中的文學魂，終其源頭也是從魯迅的文學觀延伸的產物。然而圍繞陳伯吹的「童心論」，實踐者們曾有過一段辯真過程。本書作者的論述真實地再現了這個辨真過程，沒有一點掩飾和回避，引證材料真實可信。當「童心論」遭到不該有的圍殲時，陳伯吹是這樣為他的「童心論」辯護的，他引魯迅為同道，說：「偉大的革命家、思想家、文學家的魯迅先生，他老人家就在《愛羅先珂童話集．序》中這樣寫道『⋯⋯而我所展開他來的是童心的，美的，然而有其真實的夢⋯⋯但是我願意作者不要出離童心的美夢，而且還要招呼人們進向這夢中，看完了真實的虹，我們不至於是夢遊者。』魯迅先生並不諱言詩人、作家有『童心』，而且讚美着要有童心，並且還要招呼人們能進向童心的夢。不知道這些話(其涵義深遠，豈僅童心已焉)算不算『童心論』？也不知道有沒有人敢於祭起這頂帽子？」陳伯吹的話是可敬的。

其四，魯迅翻譯科學小說的初衷與演變。本書作者對魯迅最早期翻譯科學小說的動機與翻譯科學小說的手法以及閱讀對象都作了客觀的論說，無誇大之嫌。其中，魯迅正式開始他一生的文學活動，是在 1902 年負笈日本之後，1903 年 10 月在東京進化社出版了他的譯作 —— 法國凡爾納的科學小說《月界旅行》，接着同年 12 月在《浙江潮》十期翻譯凡爾納的另一部科學小說《地底旅行》。魯迅時年二十二歲。魯迅的譯作的動力來自於「科學可以救國」，他在《〈月界旅行〉辯言》中說：「破遺傳之迷信，改良思想，補助文明，…… 導中國人羣以進行，必自科學小說始。」但 1904 年 9 月 10 日，魯迅進仙台醫專期間，魯迅思想起了變化，他開始懷疑台回東京，專門從事新文藝運動。本書作者指出了魯迅初譯中的幾點誤區，一是對凡爾納其人缺乏認識。他把《月界旅行》的作者誤作美國人培倫，又把《地底旅行》作者誤作英國人威男。直到三十年後，他在《致楊霽雲》的信中才有了更正的說法。因他從日譯本轉譯的，並非為凡爾納的盛名而譯作。二是魯迅翻譯《月界旅行》和《地底旅行》時，並不以少年兒童為讀者對象。他當時對兒童或兒童文學並沒有表示特別的關注。三是魯迅的譯風是應順潮流，即「採章回體小說形式，譯述改寫外國文學作品」。正如魯迅在 1934 年 5 月 15 日給楊霽雲信中所言：「我因為向學科學，所以喜歡科學小說，但年青時自作聰明，不肯直譯，回想起來悔之已晚。」另外魯迅對於介紹科學知識是否應「故事化」「文藝化」的認識也有反覆。本書作者在這些問題上都作了不同的引證。並且認為：「中國現代兒童文學便是從譯介外國作品到創作自已的作品起步的。」

其五，魯迅的童話主張對中國童話創作的指導性。本書作者在論述魯迅對中國童話的發展起的作用方面，有幾點很值得注意，或者說具有學術價值。一是魯迅只

點很值得注意，或者說具有學術價值。一是魯迅只從事童話的翻譯，他並沒有撰寫過有關童話理論的專著。可是，他在翻譯的外國童話的譯者引言、譯後記和書信、雜文中都論述過他對童話的獨到見解，而這些見解在當時及至今日都為兒童文學界所重視，產生了深遠的影響。譬如，他關注了 1931 年關於童話教育功能的大爭論。魯迅在為孫用翻譯的《勇敢的約翰》寫的《校後記》中說下了這樣一番話：「對於童話，近來是連文武官員都有高見了，有的說是貓狗不應該會說話，稱作先生，失了人類的體統，有的說故事不應該講成王作帝，違背共和的精神。但我以為這似乎是『杞天之憂』，其實倒沒甚麼要緊的。孩子的心，和文武官員不同，它會進化，決不至於永遠停留在一個點上，到得鬍子老長了，還在想騎了巨人到仙人島上去做皇帝。因為他後來就要懂得一點科學了，知道世上並沒有所謂巨人和仙人島。倘還想，那是生來的低能兒，即使終生不讀童話，也還是毫無出息。」這段話魯迅說出了童話的本質特徵就是幻想。他在《小約翰引言》中還提出了「童話的魔力」來自於「實際和幻想的混合」的「寫作法則」等等。二是魯迅在 1935 年在《錶》的《譯者的話》中首肯了葉聖陶發表於

1922 年的《稻草人》，他寫道：「十來年前，葉聖陶先生的《稻草人》是給中國的童話開了一條自己創作的路的」。這段話被銘刻在中國童話進程的石碑上。然而，本書作者還是把對葉聖陶的童話的不同解讀展示了出來，並非因魯迅的話而一面倒的同聲。這是學術的良心。三是魯迅對張天翼的文學交往，本書提供了許多有價值的例證，魯迅與張天翼經常通信，其中有一信中提到張天翼的小說「失之油滑」，算是批評吧。但本書作者對於魯迅的批評在論述中又提供了不同的聲音。四是魯迅對當時童話界兩位直接說過評價的葉聖陶與張天翼，本書作者又作了客觀的比較，作者寫道：「張天翼的童話為當時的生活於黑暗社會的中國人指出『一條光明的正路』，這是十年前葉聖陶的創作童話所沒有的。」最後的結論寫道：「在中國現代童話史上，二十年代葉聖陶開闢了創作童話的道路，寫出反映現實社會具有中國特色的童話。至三十年代，張天翼繼承了這個中國自己創作童話的優良傳統，把現實主義童話用諷刺的手法發揚光大，為後來的童話家樹立了一個典範。」

讀完這本專著，我的所思所想算講完了。

這本專著塵封三十年居然被中華書局總編輯侯明慧眼識珠，讓其得以問世，甚是驚歎不已。

是我與嚴吳嬋霞數十年的純真友情促使寫下此序。頓覺歲月無情，人有情也。

序即留痕。

2019 年 9 月 6 日寫於上海坤陽大廈墨海居
張錦江
著名作家、華東師範大學教授

序二

嚴吳嬋霞女士是香港出版界、兒童文學界、圖書館界、教育界的前輩。早在求學時期，我已讀過不少嚴太寫的書、編的書，於文字上得到她的栽培，獲益良多，今天能在她的學術著作裏留下一點點文字，深感榮幸。

以魯迅與兒童文學作為研究課題，嚴太是一位先行者。

我最初接觸這本《魯迅與中國兒童文學的發展》，大約是在十年前。那時我在香港中央圖書館工作，有一天與嚴太商談文學活動後，她拿出大疊厚厚的原稿紙影印本，告知這是她 1987 年完成的碩士論文手稿，我匆匆看了摘要和目錄，發覺是一份研究中國兒童文學發展的重要文獻，沒印製出版，未免可惜。

近日，我同時檢索「中國博士學位論文全文數據庫」及「中國優秀碩士學位論文全文數據庫」，在主題欄輸入「魯迅」，找到論文 3980 篇，可見魯迅一向是學者熱衷研究的對象，相關的研究成果非常豐富；但當在檢索條件附加「兒童文學」後，得出的論文數目銳減至56篇，其中博士的有5篇。上述兩個數據庫收錄自1984年迄今中國高等院校的博、碩士論文超過420萬篇，有趣的是，那56篇論文全在2002年以後發表，64%更在2010年之後發表。顯然，學術界較為廣泛地研究「魯迅與兒童文學」亦不過是近十年的趨勢。而嚴太在上世紀八十年代已發掘出這個冷門卻具研究價值的課題，可謂是獨具慧眼，早着先鞭。

今天，《魯迅與中國兒童文學的發展》終於付梓，意義重大。回顧香港的兒童文學，發展一直不理想，原因之一，欠缺學術研究，致使創作與理論未能相輔相成。期望嚴太的論文能樹立榜樣，對後學有所啟發，鼓勵更多相關的研究，讓我們的兒童文學有更均衡、更全面的發展。

梁科慶博士

香港著名作家、天水圍圖書館館長

自序

唯有感謝，再感謝

本書得以出版，首先感謝中華書局總編輯侯明女士。論文手稿束之高閣三十年，本來就不期望有出版機會，尤其在香港，能讀懂魯迅和兒童文學理論的有幾人！但侯總憑藉她的學養識見及出版人獨有的文化慧眼，認定本書有出版價值，而且她認為 2019 年正值「五四」一百週年紀念，正好賦予此書特別的紀念價值。

感謝上海華東師範大學張錦江教授為此書作序。我們相識於上世紀八十年代召開的首屆滬港兒童文學交流會，因為熱愛兒童文學，我們建立了三十載寶貴的純真友誼。我請他作序，因為我知道他寫序與眾不同，他能夠把作者未說清楚的心底話說個明白，這功力非比尋常！

錦江兄在上海的暑熱天時，花了整整十天，費盡心思，撰寫了五千八百多字的序文，使我驚歎不已。他是一位對魯迅有研究的學者，因此才有本領把十萬字的論文作扼要的概括。他的序言表述精闢透徹，對章節要點進行了精彩的解讀，是本書讀者不容錯過的最佳導讀。

梁科慶博士是一位謙謙君子，是我很珍惜的晚輩。我們也是相識於上世紀八十年代，當時作為一名文藝青年的他，參加青年文學及兒童文學創作比賽，屢屢獲獎。多年不見之後，他已是香港公共圖書館的館長。他在加拿大修讀圖書館學時，選修了兒童文學課程，這和我年輕時在英國修讀圖書館學，因此接觸到兒童文學的經驗相似。我請科慶為此書作序，因為他是兒童文學的有心人，在論文未有機會出版前，他已把複印手稿收藏在香港中央圖書館。我在此特別感謝這位長江後浪推前浪的小友。

1970–1978 年，我跟隨先夫嚴瑞源遊學於大西洋兩岸，其間我修讀了圖書館學及兒童文學。本書資料主要搜集自英國和美國的著名大學圖書館，抄錄卡片逾千張，當時是懷着野心想編纂一本中國兒童文學目錄，方便研究者參考。

1984 年的春天，我們的第二個孩子出生了，全職上班的媽媽同時兼顧兩個幼兒，由不得我有進修的遐想。就在這時，澳門新成立的東亞大學研究院招收中文碩士生，指導老師是學術泰斗饒宗頤和羅慷烈兩位教授，外子鼓勵我把握機會，親炙名師教誨。第一次到澳大上課，我發現多了一位年青學者雲惟利博士當我們的導師。雲教授在英國研究語言學，專攻古文字學，同時擅長寫新詩。另一驚喜是十位同窗皆非等閒之輩，早已學有專精，其中黃嫣梨和鄭煒鳴二位畢業後繼續攻讀博士學位，在學術上更上層樓，成就有目共睹，使我與有榮焉。

我在 1987 年完成了論文《魯迅與中國兒童文學的發展》，直接指導老師是雲惟利教授，校外評審老師是我敬愛的黃慶雲大姐，著名兒童文學家，香港兒童文學的奠基人。

回想我在不惑之年重返校園，追隨良師求學問道，與同窗好友砥礪切磋，是難得的人生樂事。為了紀念這段珍貴的師生和同窗情誼，我懷着感恩的心，把束之高閣三十載的論文出版，同時希望本書能對研究兒童文學的後學有些微的幫助，也算是一種傳承吧。

最後，我以此書獻給逝世十週年的先夫嚴瑞源，前香港文化博物館館長及北京首都博物館創館顧問。沒有他的支持和鼓勵，成就不了今天投身兒童文學的我。這是一份「長毋相忘」的信物，他會喜歡的！

嚴吳嬋霞
2019 年 9 月 30 日

1986 年 8 月 15 日，跑馬地聖羅娜小廚共慶饒宗頤教授（中坐者）七十大壽

◇

第一章　緒論

「兒童文學」這個名詞在中國到了二十世紀才出現，這是由於兒童問題在二十世紀才開始受到完全的重視，由成人的從屬地位脫離，而有了兒童獨立的地位，所以在整個文學的領域中，兒童文學也獨豎一幟，自有它特殊的地位 [1]。

周作人在 1920 年發表了中國最早一篇以「兒童文學」為題的論著 [2]，在《兒童的文學》一文中，他同意美國麥克林托克（P. L. Maclintock）的論點 [3]，認為兒童應該讀文學的作品，因為兒童生活上有文學的需要，所以小學校裏的文學的教材與教授，必須注意「兒童的」特點 [4]，選用的作品還應注意「文學的」價值 [5]。由此看來，「兒童文學」一詞，就包含有「兒童的」和「文學的」兩個特質。

其實所有名詞都可分為廣義的與狹義的詮釋，「兒童文學」一詞也不例外。英文 children's literature 中的 literature，並不單指「文學」，也可解作「文獻」[6]。

《牛津英語詞典》（*Oxford English Dictionary*）對 literature 一字有以下的定義 [7]：

Literary productions as a whole; the body of writing produced in a particular country or period, or in the world in general. Now also in a more restricted sense, applied to writing which has claim to consideration on the grounds of beauty of form or emotional effect.

整體的文學作品；一個特定國家或時期的全部作品，或一般來說，全世界的文學作品。現在也有比較狹義的說法，是指那些被認為具有形式美，並且能影響讀者情緒的作品。

由此看來，廣義的兒童文學相當於我們常見的「兒童讀物」一詞，其內涵大致分為小說（fiction）與非小說（non-fiction）兩大類。前者包括純文藝性的民間故事、寓言、神話、傳說、現代童話、詩歌、生活小說、傳記等體裁；後者是指非文藝性的知識性書籍（informational books）。在英、美、加等國，children's literature 和 children's books 常常交替混合使用，「兒童文學」和「兒童讀物」是相通的，這是廣義的用法 [8]。

狹義的兒童文學，即是指兒童讀物中純文學小說類（fiction）。前述周作人演講《兒童的文學》是狹義的兒童文學，看重文學性，不包括非文學性作品。

中國近代兒童文學研究者把「兒童文學」和「兒童

讀物」區分如下，狹義的兒童文學是 [9]：

> 兒童文學是適合少年兒童閱讀並能為他們樂於接受的文學作品，包括兒歌、謎語、童話、寓言、故事、小說、劇本、電影文學、科學文藝等各種樣式的作品，它僅是兒童讀物的一個種類。

至於廣義的兒童文學，即屬於「兒童讀物」[10]：

> 兒童讀物的含義比兒童文學更廣泛，除了適合少年兒童閱讀的文學讀物外，還包括適合少年兒童閱讀的政治讀物，淺顯的自然科技讀物，文史知識讀物等。

本書所論的「兒童文學」，是以狹義的兒童文學為主，若論及廣義的兒童文學，則採用「兒童讀物」一詞以作區別。

至於本書所涉及的兒童文學的範疇，就正如高錦雪所說：「適合兒童閱讀的文學作品，無論是兒童自己的寫作，成人作家特為兒童而寫的作品，或者成人文學作品之改寫、刪節，甚至直接選用而介紹給兒童閱讀者，全在範圍內。」[11] 這是有關兒童文學範疇的最普遍說法。

最後要說明一點的是兒童文學的讀者對象問題。假如以讀者年齡區分，兒童文學也有廣義和狹義的說法。

狹義的兒童，是指六歲到十二歲的「兒童期」，也就是小學階段。[12] 上引周作人、赫克（Huck）和薩瑟蘭（Sutherland）所述的兒童文學，都是以小學階段的六至十二歲兒童為主要讀者對象。

吳鼎在《兒童文學研究》裏所提出的兒童期是從出生到二十五歲，是根據教育學的說法，認為人類的兒童期是接受教育的最好時期，並且根據兒童身心發展狀況，決定各級適當教育的機會。其分期如下：嬰兒期（出生到四歲）；幼兒期（四到六歲）；兒童期（六至十二歲）；少年期（十二至十五歲）；前青年期（十五至十八歲）與後青年期（十八至廿五歲）。[13] 這可謂廣義的兒童期。

現在一般英、美國家把兒童文學按讀者年齡分為五大類：嬰兒文學（baby literature 0–2 歲）；幼兒文學（young children's literature 3–6 歲）；兒童文學（children's literature 6–12 歲）；少年文學（juvenile literature 12–15 歲）；青少年文學（literature for young adults 15–18 歲）。

蔣風把兒童期分為：幼兒期（3–6 歲的學齡前期）；兒童期（7–11 歲的學齡初期）及少年期（11–15 歲的學

齡中期），包括了幼稚園、小學和初中階段的學童 [14]。

至於本書所論兒童文學中的兒童，是指十五歲以下的學齡前兒童、小學生和初中生，是比較廣義的兒童文學。

註：

[1] 許義宗：《兒童文學論》，台北，作者自印本，1977，頁 19。

[2] 周作人在 1920 年 10 月 26 日在北京孔德學校以《兒童的文學》為題演講，講詞刊載於《新青年》第 8 卷第 4 號。詳見《1913–1949 兒童文學論文選集，上海：少年兒童出版社，1962，頁 439–447。

[3] 麥克林托克著有《小學校裏的文學》（*Literature in the Elementary School*）一書，周作人在其演講中引述麥氏的論點。

[4] 《1913–1949 兒童文學論文選集》，頁 440。

[5] 同上，頁 446。

[6] 高錦雪：《兒童文學與兒童圖書館》，台北：學藝出版社，1981，頁 15。

[7] Open University In-Service Education for Teachers. *Children's Language and Literature, Oxford English Dictionary,* p. 13

[8] 在美國和加拿大大學兒童文學系，普遍採用的兩種教材為：赫克和庫恩所合著的《小學裏的兒童文學》（Huck and Kuhn. *Children's Literature in the Elementary School.* 3rd ed. New York, Holt, Rinehart & Winston, 1979）及薩瑟蘭、蒙森和阿巴思諾特所合著的《兒童和圖書》（Sutherland, Monson and Arbuthnot. *Children and Books.* 7th ed. Glenview, Ill.: Scott, Foreman, 1986），書名的 literature 和 books 是相通的。

[9] 蔣風：《兒童文學概論》，長沙：湖南少年兒童出版社，1982，頁 3。

[10] 同上。

[11] 《兒童文學與兒童圖書館》，頁 18。

[12] 同上，頁 20。

[13] 吳鼎：《兒童文學研究》（第三版），台北：遠流出版社，1980，頁 2–3。

[14] 《兒童文學概論》，頁 12–16。

第二章 魯迅以前的中國兒童文學觀

中國有「兒童文學」這個名稱，始於「五四」時代。據茅盾說 [1]：

……大概是「五四」運動的上一年罷，《新青年》雜誌有一條啟事，徵求關於「婦女問題」和「兒童問題」的文章。「五四」時代的開始注意「兒童文學」，是把「兒童文學」和「兒童問題」聯繫起來看的。

其後周作人在 1920 年 10 月 26 日在北京孔德學校以《兒童的文學》為題演講，講詞刊載於《新青年》第 8 卷第 4 號。這是中國最早一篇以「兒童文學」為題的文章 [2]。文中「兒童文學」一詞，顯然是從英文 children's literature 直譯過來的。

這以後有關兒童文學的論著漸多，其中值得注意的一篇是 1922 年周邦道發表的《兒童的文學之研究》[3]，文中對「兒童文學」有以下的說法 [4]：

所謂兒童的文學者，即用兒童本位的文字組成之文學，由兒童的感官，可以直接訴於其精神的堂奧者。換言之：即明白淺近，饒有趣味，一方面投兒童心理之所好，一方面兒童可以自己欣賞的文學。

這種「用兒童本位的文字組成之文學」及「一方面

投兒童心理之所好，一方面兒童可以自己欣賞的文學」正符合魯迅以兒童為本位的兒童文學觀。

兒童本位的兒童文學觀是「五四」時代的新產物。中國新文學運動起於民國六年（1917 年）左右，提倡用白話文和西洋文學體裁寫作。「五四」運動以後，中國社會掀起文學革命和國語運動的高潮，影響了小學教科書的白話化和兒童文學化，文化運動的參與者們主張給兒童多讀些有趣的文字。1921 年左右，兒童文學得到大力提倡，社會上出現認為兒童和成人一樣愛好文學，需要文學，應當把兒童的文學給予兒童的觀點。

兒童本位的兒童文學觀是「五四」時代從西洋進口到中國的舶來品，那麼，在西洋兒童文學史上，兒童本位的兒童文學是怎樣產生的呢？我們且先了解一下這個問題，再回顧中國「五四」以前的兒童文學發展情況，比較二者的異同，當有助於了解中國現代兒童文學的發展過程。

假若「兒童文學」是指專為兒童寫作，以娛樂兒童為目的的讀物的話，那麼十八世紀以前，可謂沒有「兒童文學」這回事。當時的重點在教育兒童，唯一的兒童讀物純粹是當教材用的教科書，完全忽略了兒童情緒上的需要，不把兒童當作獨立的個體，只從成人的觀點出發，說教式地教育兒童。那時的兒童讀物，大概可分為三類：宗教教義、行為守則、知識性讀物 [5]。因此，我們可以說這個時期是訓蒙式的成人本位兒童文學。

然後到了 1744 年，有「兒童文學之父」之稱的約翰·紐伯利（John Newberry）在英國出版了《小巧美麗的袖珍本》（*A Little Pretty Pocket-book*），這是第一本專為兒童寫作的書，存心取悅兒童，吸引小讀者閱讀的興趣。這本書的出版，在兒童文學史上是一個大突破。從此，兒童文學從訓蒙式的成人本位時期，漸漸進入以兒童為寫作對象的兒童本位時期。至於那些早期的兒童教育性讀物，像字母書、啟蒙教本、禮儀書、教義問答等，則提供了重要的背景研究資料，使我們能正確地認識到十九世紀中葉以後的兒童文學黃金時代，是如何興起的 [6]。

至於中國現代兒童文學的道路，又是怎樣走過來的，我們也得檢視一下中國傳統的兒童讀物，從中理出一條脈絡來。

在舊式的科舉制度還沒有改革以前，中國的兒童教育是「注入式的教育、順民或忠臣孝子的教育」[7]，鄭振鐸認為舊式的教育是把兒童變成「小大人」，他對舊式的教育家有以下的批判 [8]：

> 他們根本蔑視有所謂兒童時代，有所謂適合於兒童時代的特殊教育。他們把「成人」所應知道的東西，全都在這個兒童時代具體而微的給了他們了；從天文、歷史以至傳統的倫理觀念，無不很完整的給了出來。在社會上要做一個潔身自好的良民；在專制朝廷的統轄之下，要做一個十足馴良的奴隸，而且要「忠則盡令」；在腐敗的家庭裏則要做一個「孝當竭力」的孝子順孫。

由此看來，在新式的學校還沒有興辦以前，兒童本位的教育是不受重視的。舊式的兒童教育主要是成人本位的教育，兒童是被看作縮小的成人。如果我們把科舉考試未廢止以前的兒童讀物檢視一番，便會發覺純粹以兒童本位而編寫的兒童讀物幾乎是不存在的，當時的教科書幾乎完全是蒙學教本，不合兒童的生活和趣味，而成人要求兒童背誦強記。廣義來說，這是成人本位的兒童文學。

鄭振鐸把中國的傳統兒童讀物，分析為五大類 [9]：

（一）學則，學儀，家訓以至《小學》《聖諭廣訓》一類的倫理書，並包括《小兒語》一類的格言韻語；

（二）《三字經》《百家姓》《千字文》一類的作為識字用的基本書；

（三）啟發兒童智慧的聰明的故事，像《日記故事》一類的書；

（四）淺近的歷史、地理以及博物的常識書，像《高厚蒙求》《名物蒙求》《史學提要》等書；

（五）所謂「陶冶性情」的詩歌，像《神童詩》《千家詩》等等。

既然中國傳統兒童讀物是和蒙學教育分不開，要研究這些古代兒童讀物的內容性質和教育功能，便不得不先探索蒙學的發展情況。張志公在研究中國歷代的蒙學教育發展情況時，概述如下 [10]：

（一）先秦兩漢時代已很重視兒童的識字教育和句讀訓練。現在仍保留下來的兩種讀物有管子的《弟子職》和史游的《急就篇》。

（二）魏晉南北朝到隋唐，蒙學有三方面的發展：

1. 識字教育：主要讀本有流行至清末的《千字文》《開蒙要訓》和「雜字」類的課本。

2. 封建思想教育：有《太公家教》《女論語》等課本。

3. 知識教育：講掌故故事的蒙書《兔園冊》和《蒙求》等。

（三）宋元時蒙學有了新發展，完成一套完整的體系，產生了大批新蒙書，奠定了以後的蒙學基礎。

1. 識字教育：《百家姓》和《三字經》與《千字文》成為一套「三、百、千」的識字教材。

2. 封建思想教育：透過識字教育進行，如利用《千字文》和《三字經》；又以程朱理學為依據，產生了《小學》新教材。此外又有形式類似《弟子職》和《蒙求》的韻語訓誡讀物。

3. 知識教育：有介紹歷史知識的《史學提要》，和介紹各方面知識的《名物蒙求》。

4. 初步閱讀教材：如詩歌讀本《千家詩》，散文故事書《書言故事》和《日記故事》。

5. 讀寫訓練的方法和教材：屬對，程式化的作文訓練，專作初學教材用的文章選注和評點本。

（四）明清兩朝，蒙學不離上述規模。

1. 識字教育：「三、百、千」一直流傳不變，「雜字」書有較大發展。

2. 封建思想教育：流行較廣、影響較大的課本有《小兒語》《弟子規》《鑒略》《幼學》《龍文鞭影》《昔時賢文》等。

3. 知識教育：清末產生蒙求形式的知識蒙書如《時務蒙求》《地球韻言》《算學歌略》等。

4. 初步閱讀教材：《千家詩》一直風行，又產生了《五言千家詩》和《唐詩三百首》。

5. 讀寫訓練：屬對的訓練一直沿用。程式化的作文訓練發展成為八股文，與科舉考試結合。文章選注評點的辦法繼續得到採用，出現了不少新的注本。

鄭振鐸是從兒童本位的角度來批判中國傳統兒童讀物，張志公則從語文教育的立場來探索蒙學讀本。但他們對古代兒童文學的分類大致上是相同的，即語文識字類、知識類、道德教訓類三類。這和西洋早期的訓蒙式的成人本位兒童文學實在大同小異，只是我們少了宗教教義，偏重封建思想教育；而他們則少了集中識字，也許是因為拼音文字不需要過於強記生字的緣故。

事實上中國兒童文學和西洋兒童文學的發展過程，在早期是相類似的，也就是先成人本位，後兒童本位。如果說 1744 年約翰 · 紐伯利出版的《小巧美麗的袖珍本》是一個轉捩點，那麼中國又是從甚麼時候開始過渡到兒童本位的兒童文學發展期的呢？

安妮 · 佩洛斯基（Anne Pellowski）在《世界兒童文學》（*The World of Children's Literature*）一書中說中國是一直到了二十世紀才有專為兒童而寫的文學的 [11]：

> The first considerations of literature as being specifically written for children, or selected from the classics with only their interests in mind, did not appear until the 20th century.

> 一直到了二十世紀，中國才頭一次考慮到應該有專為兒童而寫的文學，或者是從古典名著中選擇適合兒童閱讀興趣的作品。

漢弗萊·卡彭特（Humphrey Carpenter）和瑪利·普理查德（Mari Prichard）在《牛津兒童文學指南》（*Oxford Companion to Children's Literature*）也認為在二十世紀以前，中國並沒有專寫給兒童的文學 [12]：

Although Chinese literature had its beginnings some 3000 years ago, nothing was written especially for children until the 20th century.

雖然中國文學發端於三千年前，但是在二十世紀以前並沒有專為兒童而寫的作品。

上述二書皆有提及魯迅是當時對兒童文學的發展很有影響力的人物。

1918 年，魯迅發表了他的第一篇白話小說《狂人日記》，發出了「救救孩子」的呼聲 [13]。1919 年又發表了《我們現在怎樣做父親》，主張解放孩子，使他們成為一個獨立的人 [14]。從魯迅這種嶄新的兒童教育思想可以看出他以兒童為本位的兒童文學觀。

「五四」運動以後，兒童的教育問題受到重視。教育方面的大革新導致教法與教材的改進，其中最重要的改革是小學教科書改文言為白話。1920 年以後出版的小學教科書，例如商務印書館出版的《新法教科書》，中華書局出版的《新體教科書》，都是用白話編寫的 [15]。由於小學教科書改用白話文來編寫，使兒童讀書的能力得以提高，連低年級六七歲的兒童也能自動看補充讀物了 [16]。

1922 年新學制頒佈後，除了印行語體文教科書外，內容也兒童文學化起來。文體兼採童話、小說、詩歌等，着重兒童的閱讀趣味 [17]。教科書以外的輔助讀物有大批被翻譯出版的歐美文學名著；期刊則有《兒童世界》（1922 年 1 月 7 日創刊）和《小朋友》（1922 年 4 月 6 日創刊），都是週刊，多刊載童話，不但富閱讀趣味，而且合乎教育原理和兒童心理 [18]。

小學教科書的白話化和兒童文學化促進了中國現代兒童文學的發展，兒童文學漸漸從傳統的成人本位過渡到兒童本位。魯迅在 1918 年所發出的「救救孩子」的呼聲得到了回應：1920 年 10 月 26 日周作人在北京孔德學校以《兒童的文學》為題演講，說明兒童也需要文學；1922 年周邦道發表了《兒童的文學》，解釋兒童的文學，即兒童本位的文學；同一年葉聖陶發表了著名創作童話

《稻草人》，魯迅譽為「給中國的童話開了一條自己創作的路」；1923 年 7 月冰心開始寫她風靡萬千小讀者的《寄小讀者》。

總括來說，魯迅以前的中國兒童文學是以成人為本位的，「五四」運動以後，才過渡到兒童本位，而魯迅於 1918 年發出「救救孩子」的呼聲，可以說是促使中國現代兒童文學誕生的口號。

圖 1　中國早期著名兒童文學作品與研究著作。

註：

[1] 茅盾：〈關於「兒童文學」〉，《1913–1949 兒童文學論文選集》，頁 218。

[2] 《1913–1949 兒童文學論文選集》，頁 439–447。

[3] 周邦道：〈兒童的文學之研究〉，《中華教育界》第 11 卷第 6 期，1922 年 1 月。

[4] 《1913–1949 兒童文學論文選集》，頁 448。

[5] Demers, Patricia & Moyles, Gordon (ed.), *From Instruction to Delight; an anthology of Children's Literature to 1850.* Toronto: Oxford University Press, 1982, p. 4.

[6] 同上，p. 1。

[7] 鄭振鐸：〈中國兒童讀物的分析（上篇）：從三字經到千字文到歷代蒙求〉，見鄭爾康、盛巽昌編，《鄭振鐸和兒童文學》，上海：少年兒童出版社，1983，頁 65。

[8] 同上，頁 65–66。

[9] 同上，頁 68。

[10] 張志公，《傳統語文教育初探》，上海：上海教育出版社，1982，頁 9–12。

[11] Pellowski, Anne. *The World of Children's Literature.* New York: Bowker, 1968. p. 304.

[12] Carpenter, Humphrey & Prichard, Mari. *Oxford Companion to Children's Literature.* Oxford: Oxford University Press, 1984.p. 115.

[13] 〈狂人日記〉，《吶喊》，《魯迅全集》（1973）卷 1，頁 291。

[14] 〈我們現在怎樣做父親〉，同上《墳》，頁 116–130。

[15] 吳研因：〈清末以來我國小學教科書概觀〉，見張靜廬：《中國出版史料補編》，北京：中華書局，1957，頁 150。

[16] 同上，頁 151。

[17] 陳伯吹：〈兒童讀物的檢討與展望〉，見《1913–1949 兒童文學論文選集》，頁 322–323。

[18] 同上，頁 323。

◇

第三章　魯迅的童年與兒童文學

一 童年的讀書生活

1881 年 9 月 25 日，魯迅誕生於浙江紹興南城東昌坊口附近的新台門周家 [1]。當時的周家，是一個沒落的封建士大夫家庭。魯迅的祖父周介孚是清朝的進士，曾做過十多年的京官 [2]。

1887 年，魯迅六歲時，進私塾跟遠房的叔祖父周玉田讀《鑒略》。這是一本簡要的中國歷史讀本 [3]。當時紹興一般小孩子開始讀書，大都先讀《三字經》或《百家姓》，其次就是《千字文》《千家詩》等傳統識字課本。可是魯迅的祖父對於兒童教育，卻另有一套思想，和當時的人很不一樣。他主張先讀《鑒略》，認為首先應有一些歷史基礎的知識。他又認為只要稍微多認識一些字，便可看《西遊記》，接着讀《詩經》等 [4]。他還提出少年人讀詩詞時，應當有一個先後的順序。他曾經教導魯迅說 [5]：

> 初學先誦白居易詩，取其明白易曉，味淡而永。再誦陸游詩，志高詞壯，且多越事。再誦蘇詩，筆力雄健，辭足達意。再誦李白詩，思致清逸。如杜之艱深，韓之奇崛，不能學亦不必學也。示樟壽諸孫。

魯迅的父親周伯宜，曾考取會稽縣學的生員（秀才），以後參加過好幾次鄉試，都沒有考中，一直閒居在家裏讀書。周伯宜對子女的讀書是很注意的，他贊成父親的意見，認為小孩子上學，首先應該懂得一點歷史常識，所以他要魯迅先讀《鑒略》。他認為《鑒略》比《百家姓》《千字文》有用得多，因為從中可以知道由古到今的大概。可惜在教育兒童的方法上，他仍然和當時許多家長一樣，一味責令子女強記背誦 [6]。

兒時讀《鑒略》的事，魯迅在四十年後仍然記憶深刻。《五猖會》裏有這樣一段記載 [7]：七歲那一年的一天早上，家人準備妥當，要帶魯迅到紹興城外東關的五猖廟看迎神賽會。魯迅笑着跳着正要出門時，父親站在他背後，着令他把《鑒略》拿出來讀。兩句一行，大約讀了二三十行，便要魯迅讀熟背出來，否則不准去看會。魯迅回憶說 [8]：

粵自盤古，生於太荒，

首出御世，肇開混茫。

就是這樣的書，我現在只記得前四句，別的都忘卻了；那時所強記的二三十行，自然也一齊忘卻在裏面了。記得那時聽人說，讀《鑒略》比讀《千字文》《百家姓》有用得多，因為可以知道從古到今的大概。知道從古到今的大概，那當然是很好的，然而我一字也不懂。「粵自盤古」就是「粵自盤古」，讀下去，記住它，「粵自盤古」呵！「生於太荒」啊！……

魯迅又說：「直到現在，別的完全忘卻，不留一點痕跡了，只有背誦《鑒略》這一段，卻還分明如昨日事。」[9]

這件事，魯迅直到了中年仍然印象深刻。《鑒略》的文字深奧難懂，幼年的魯迅只是跟着塾師讀着、記着、背着，對書中含義，一點也不理解，因此讀過就忘記了。書桌上除了《鑒略》和習字的描紅格，對字課本外，便不許有別的書。魯迅對於這種窒息兒童心靈的封建教育，覺得很難忍受 [10]。

魯迅的啟蒙老師周玉田藏書很豐富，魯迅特別喜歡看他收藏的《花鏡》。這本書不僅介紹了培育各種花木的知識，而且還有許多好看的插圖。後來魯迅用二百文的壓歲錢向族兄周蘭星買了一冊《花鏡》。他還根據自己種花的經驗，發現書中有一些錯誤的地方，寫上詳細

的批註 [11]。《花鏡》一書，不但引起魯迅對種植花木的濃厚興趣，而且使他熱愛圖畫書，以至成年以後他還對兒童讀物的插圖十分關注，這在《看圖識字》一文中便很清楚地表達出來 [12]。

另一本魯迅童年時愛讀的書是繪圖《山海經》。周玉田有一次對魯迅說 [13]：

曾經有過一部繪圖的《山海經》，畫着人面的獸，九頭的蛇，三腳的鳥，生着翅膀的人，沒有頭而以兩乳當作眼睛的怪物，……可惜現在不知道放在哪裏了。

魯迅從此一直念念不忘《山海經》，很想獲得一本，看看裏面的圖畫。後來，他的保姆長媽媽終於給他買了一套，他真是高興極了 [14]：

我似乎遇着了一個霹靂，全體都震悚起來，趕緊去接過來，打開紙包，是四本小小的書，略略一翻，人面的獸，九頭的蛇，……果然都在內。

這四本書，魯迅說是他最初得到，最為心愛的寶書。對於這套「寶書」的印象，魯迅回憶說 [15]：

書的模樣，到現在還在眼前。可是從還在眼前的模樣來說，卻是一部刻印都十分粗拙的本子。紙張很黃；圖像也很壞，甚至於幾乎全用直線湊合，連動物的眼睛也都長方形的。但那是我最為心愛的寶書，看起來，確是人面的獸；九頭的蛇；一腳的牛；袋子似的帝江；沒有頭而「以乳為目，以臍為口」，還要「執干戚而舞」的刑天。

看了這部繪有奇異圖畫的《山海經》後，魯迅開始搜集有繪圖的書，計有石印的《爾雅音圖》《毛詩品物圖考》《點石齋叢畫》和《詩畫舫》等書。又另外買了一部新的石印《山海經》，每卷都有圖贊，綠色的畫，紅色的字，比那本木刻的精緻許多 [16]。

周遐壽（周作人）在《魯迅的故家》中也提到魯迅與《山海經》的關係 [17]：

魯迅與《山海經》的關係可以說很是不淺。第一是引開了他買書的門，第二是使他了解神話傳說，扎下創作的根。

《山海經》雖然是一本印製粗劣的圖畫書，但對於一個十歲的孩子來說，卻是一本「寶書」，可見書籍的插畫和有趣的內容對兒童讀者的吸引力是如何的巨大了。魯迅日後對童話有特別濃厚的興趣，也未嘗不可以說是從獲得《山海經》開始的。

童年的魯迅並沒有接觸過專為兒童而寫的讀物。當時，新出的兒童讀物只有上海出版的《小孩月報》（1875年創刊）一種而已。其他如《蒙學報》（1897）、《中國白話報》（1903）、《童子世界》（1903）、《蒙學畫報》（1908）等，都是在他青年時代出版的。

魯迅成年以後，對於自己和同窗童年時代沒有書可看的事，仍然無限感慨 [18]：

我們那時有甚麼可看呢，只要略有圖畫的本子，就要被塾師，就是當時的「引導青年的前輩」禁止，呵斥，甚而至打手心。我的同學因為專讀「人之初性本善」讀得要枯燥而死了，只好偷偷地翻第一葉，看那題着「文星高照」四個字的惡鬼一般的魁星像，來滿足他幼稚的愛美的天性。昨天看這個，今天也看這個，然而他們的眼睛裏還閃出甦醒和歡喜的光輝來。

在私塾以外，魯迅還讀了《文昌帝君陰騭文圖說》和《玉歷鈔傳》一類書，「都畫着冥冥之中賞善罰惡的故事，雷公電母站在雲中，牛頭馬面佈滿地下，不但『跳到半空』是觸犯天條的，即使半語不合，一念偶差，也都得受相當的報應。」[19]

這些都是他家裏收藏的舊書，並非他所專有的。

他自己最先得到的一部畫圖本子，是一位長輩送給他的《二十四孝圖》。當時他約十歲，起先很高興，他回憶說[20]：

這雖然不過薄薄的一本書，但是下圖上說，鬼少人多，又為我一人所獨有……。那裏面的故事，似乎是誰都知道的，便是不識字的人，例如阿長，也只要一看圖畫便能夠滔滔地講出這一段的事跡。

可是魯迅於高興之餘，接着就是掃興，因為他請人講完了二十四個故事之後，才知道「孝」有如此之難，而對於「老萊娛親」和「郭巨埋兒」這兩個故事則甚為反感[21]。

「老萊娛親」的故事，據《藝文類聚》卷二十引《列女傳》說[22]：

老萊子養二親，行年七十，嬰兒自娛，着五采衣，嘗取漿上堂，跌僕，因卧地為小兒啼，或弄烏鳥於親側。

魯迅很不喜歡這個故事，他說[23]：

而招我反感的便是「詐跌」。無論忤逆，無論孝順，小孩子多不願意「詐」作，聽故事也不喜歡是謠言，這是凡有稍稍留心兒童心理的都知道的。

魯迅更進一步批判道學先生的反教育效果 [24]：

以不情為倫紀，誣蔑了古人，教壞了後人。老萊子即是一例，道學先生以為他白璧無瑕時，他卻已在孩子的心中死掉了。

至於「郭巨埋兒」的故事，據晉干寶《搜神記》的記載 [25]：

郭巨，隆慮人也，一云河內溫人。兄弟三人，早喪父。禮畢，二弟求分。以錢二千萬，二弟各取千萬。巨獨與母居客舍，夫婦傭賃，以給公養。居有頃，妻產男。巨念與兒妨事親，一也；老人得食，喜分兒孫，減饌，二也。乃於野鑿地，欲埋兒，得石蓋，下有黃金一釜，中有丹書，曰：「孝子郭巨，黃金一釜，以用賜汝。」於是名振天下。

這個故事頗使魯迅感到害怕 [26]：

但我從此總怕聽到我的父母愁窮，怕看見我的白髮的祖母，總覺得她是和我不兩立，至少，也是一個和我的生命有些妨礙的人。後來這印象日見其淡了，但總有一些留遺，一直到她去世 —— 這大概是送給《二十四孝圖》的儒者所萬料不到的罷。

1892 年 2 月，魯迅奉父親之命，進了紹興城內頗有聲望的書塾——三味書屋，跟隨壽鏡吾讀書 [27]。塾中的教材除了《大學》《中庸》《爾雅》《論語》《詩經》外，還有漢魏六朝的文辭和唐朝的詩歌 [28]。課餘的時間，魯迅喜歡看《西遊記》等繡像小說之類的「閒書」。可是「閒書」是不能公開看的，魯迅要拉開抽屜，把書藏在抽屜裏，伏在桌上偷偷地看 [29]。

除了看「閒書」，魯迅花了不少時間描畫。他用一種薄而透明的荊川紙覆在小說的繡像上，用筆蘸着墨汁，像習字描紅一樣，一筆一筆地描畫。《西遊記》及《東周列國志》中的繡像，就是這樣給描下來，並且裝訂成冊 [30]。

描畫以外，魯迅也喜歡畫圖畫。他把畫本藏在床上墊被底下，不讓父親發現 [31]。因為喜愛圖畫，魯迅便購買了一些畫譜，先後買到的有《百將圖》《芥子園畫傳》《天下名山圖咏》《古今名人畫譜》《海上名人畫譜》《梅嶺百鳥畫譜》《晚笑堂畫傳》等 [32]。

1893 年，魯迅十三歲，祖父因事下獄，魯迅避難到鄉下去，寄住在離紹興城東約二十里的小皋埠大舅父家。他的「友舅舅」秦少漁喜歡看小說，凡當時通行的

小說他都買來看 [33]。從此，魯迅的閱讀趣味有所改變 [34]：

> 少漁的豐富藏書，打開了魯迅的眼界，他才恍然知道世上有這麼多未曾見過的奇書，使他的興趣從愛好描畫轉移到閱讀小說這方面來。

周作人在《魯迅的故家》說 [35]：

> 這於魯迅有不少的益處，從前在家裏所能見到的只是《三國》《西遊》《封神》《鏡花緣》之類，種種《紅樓夢》，種種《俠義》，以及別的東西，都是無從見到的。

就這樣，魯迅在小皋埠閱讀了不少中國古典小說。

成年以後，魯迅翻譯了不少外國小說，其中不乏兒童文學作品。魯迅童年時代有沒有受過外國翻譯文學的影響呢？這是一個值得深究的問題。

外國文學大量翻譯到中國來還是二十世紀初的事情，正如鄭伯奇所說 [36]：

> 中國人接受外國文學，是前清最後十多年的事，最初介紹進來的是小說。當時，在理論上提倡最力的是梁啟超，在實際上，翻譯得頂早而又頂多的是林琴南。

錢鍾書在《林紓的翻譯》一文中回憶說 [37]：

商務印書館發行的那兩小箱《林譯小說叢書》是我十一二歲時的大發明，帶領我進了一個新天地，一個在《水滸》《西遊記》《聊齋志異》以外另闢的世界。我事先也看過梁啟超譯的《十五小豪傑》，周桂笙譯的偵探小說等等，都覺得沉悶乏味。接觸了林譯，我才知道西洋小說會那麼迷人。我把林譯裏哈葛德、歐文、司各特、迭更司的作品津津不厭地閱覽。

胡從經認為「二十世紀初葉的中國少年兒童正是通過『林譯小說』開始接觸世界其他民族所創造的文學寶庫，從而步入了一個陌生而新奇的世界。」[38]

林譯小說，始於光緒十九年（1893 年），止於民國十三年（1924 年），前後達三十二年 [39]。所譯作品十分豐富，根據馬泰來的考據，共有一百七十九種，單行本一百三十七種，未刊十八種 [40]。其中不乏至今仍為兒童所喜讀的古典兒童文學名著，如《魯濱孫漂流記》（*Life and Strange Surprising Adventures of Robinson Crusoe*），《海外軒渠錄》（*Gulliver's Travels*，今譯《格列佛遊記》），《伊索寓言》（*Aesop's Fables*）等。

魯迅生於 1881 年。林紓開始從事翻譯外國小說時，魯迅已十二歲，因此並不像冰心和丁玲那樣，於童年時代便已受林譯小說的影響。

冰心在回顧自己的幼年時代時寫道 [41]：

我所得的大半是商務印書館出版的林譯說部。如《孝女耐兒傳》《滑稽外史》《塊肉餘生述》之類。……到了十一歲，我已看完了全部的《說部叢書》。

丁玲小時候，也看了不少林譯小說。她說 [42]：

……幾乎把我舅舅家裏的那些單本舊小說看完。而且商務印書館的《說部叢書》就是那些林譯的外國小說也看了不少。

看來，魯迅在童年時代並沒有受過外國翻譯文學的影響。也許他沒有機會接觸到。魯迅開始接觸外國文學作品，或許是在他離開家鄉紹興，到南京進新學堂的時候。他是在 1898 年（18 歲）進南京江南水師學堂學習的。1899 年（19 歲）則改進南京江南陸師學堂附設的礦務鐵路學堂 [43]。

二 聽故事

魯迅的祖母蔣老太太，是一個非常和氣的老人家，為人風趣，喜歡說笑話，而且很愛說故事。據魯迅家裏的傭人王鶴照的回憶說 [44]：

蔣老太太肚裏的故事很多，她會講太平天國的故事，也會講紹興的民間故事。魯迅先生小時候，夏天的晚上，躺在小板桌上乘風涼，祖母坐在桌旁，一面搖着芭蕉扇，一面給他講「洪秀全軍」和「水漫金山」的故事。

魯迅在《論雷峯塔的倒掉》中記述他童年聽祖母講《水漫金山》的故事 [45]：

然而一切西湖勝跡的名目之中，我知道得最早的卻是這雷峯塔。我的祖母曾經常常對我說，白蛇娘娘就被壓在這塔底下！有個叫作許仙的人救了兩條蛇，一青一白，後來白蛇便化作女人來報恩，嫁給許仙了；青蛇化作丫鬟，也跟着。一個和尚，法海禪師，得道的禪師，看見許仙臉上有妖氣，── 凡討妖怪做老婆的人，臉上就有妖氣的，但只有非凡的人才看得出，── 便將他藏在金山寺的法座後，白蛇娘娘來尋夫，於是就「水滿金山」。我的祖母講起來還要有趣得多，大約是出於一部彈詞叫作《義妖傳》裏的……總而言之，白蛇娘娘終於中了法海的計策，被裝在一個小小的鉢盂裏了。鉢盂埋在地裏，上面還做起一座鎮壓的塔來，這就是雷峯塔。此後似乎事情還很多，如「白狀元祭塔」之類，但我現在都忘記了。

在《狗 · 貓 · 鼠》一文中，魯迅又記述了祖母講的一個貓是老虎的師父的故事 [46]：

……老虎本來是甚麼也不會的，就投到貓的門下來。貓就教給牠撲的方法，捉的方法，吃的方法，像自己的捉老鼠一樣。這些教完了；老虎想，本領都學到了，誰也比不過牠了，只有老師的貓還比自己強，要是殺掉貓，自己便是最強的腳色了。牠打定主意，就上前去撲貓。貓是早知道牠的，一跳，便上了樹，老虎卻只能眼睜睜地在樹下蹲着。牠還沒有將一切本領傳授完，沒有教給牠上樹。

在魯迅的幼年時代，另一位常常給他講故事的人就是保姆長媽媽了。從長媽媽的口中，魯迅聽了許多「長毛」故事 [47]。

在《阿長與山海經》一文裏，魯迅回憶說 [48]：

……她之所謂「長毛」者，不但洪秀全軍，似乎連後來一切土匪強盜都在內，但除卻革命黨，因為那時還沒有。她說得長毛非常可怕，他們的話就聽不懂。

長媽媽把「長毛」的故事說得情節離奇，很使魯迅驚異。從此，對長媽媽的看法也不同了：[49]

我一向只以為她滿肚子是麻煩的禮節罷了，卻不料她還有這樣偉大的神力。從此對於她就有了特別的敬意，似乎實在深不可測。

長媽媽除了給魯迅講「長毛」故事外，也給他講一些民間故事，比方《美女蛇》的故事。美女蛇是「人首蛇身的怪物，能喚人名，倘一答應，夜間便要來吃這人的肉的。」魯迅日後仍記得很清楚故事的教訓：「所以倘有陌生的聲音叫你的名字，你萬不可答應他。」[50]

沒有兒童不喜歡聽故事的，魯迅也不例外。究竟講故事和兒童文學有甚麼關係呢？這是一個易被忽略的課題。

美國著名兒童文學家露芙．索耶（Ruth Sawyer, 1880-1970）在她的《說書人之道》（*The Way of the Storyteller*）一書裏指出講故事是一門古老的民間藝術（folk-art）[51]。格林兄弟窮一生的精力搜集流傳民間的故事，就是要保存德國的口頭文學。他們總共搜集了二百一十個故事，分別在 1812 年及 1814 年出版了兩冊《童話和家庭故事》[52] 就是通過民間說書人的口述故事，各民族的文化遺產才得以世代薪火相傳。

古代的兒童沒有專為他們而寫的書可讀，他們的文學啟蒙便是聽故事。鍾．卡斯（Joan Cass）在《文學和幼兒》（*Literature and the Young Child*）一書裏慨歎今天的兒童雖然有書可讀，可是生活忙碌的父母卻忽略了給子女講故事的重要性 [53]：

In medieval society the idea of childhood as we know it simply did not exist and children, as soon as they could manage without the perpetual care of their mothers, joined adult society: there were no stories specially for them. No doubt, however, they listened to everything they heard.

Today there are plenty of stories written for children, and we know how much they enjoy listening. Yet telling and reading stories to children is something which is sometimes neglected. Parents forget, or are too busy, and yet for the first 7 years of a child's life many children do not read sufficiently fluently to read to themselves.

我們現在所說的童年，在中世紀社會裏根本不存在。一旦不再需要母親的照顧時，兒童便投身成人社會了。雖然沒有專為他們而創作的故事，可是，他們卻甚麼都留心聽。

今天雖然有很多專為兒童而寫的故事書，而我們也知道兒童是多麼喜愛聽故事，可是講故事和讀故事書給兒童聽的事卻往往被忽略了。有時是因為父母忘記了，有時是因為生活太忙。而許多兒童在七歲還是不能夠自己流暢地閱讀。

魯迅是在六歲的時候才進家塾正式讀書的。因此，他六歲以前必定還不會看兒童文學書籍，而只是聽過祖母和保姆講故事。

艾丹．錢伯斯（Aidan Chambers）在《推介圖書給兒童》（*Introducing Books to Children*）一書裏強調講故事及朗讀是引導兒童閱讀最有效的方法 [54]：

Literature in all its forms grew out of the oral tradition and we cannot emphasize enough how deeply rooted in his early oral experience is everyone's taste for reading. As for introducing books to people during their childhood and adolescence, telling stories and reading aloud are the two most effective methods, both fundamental and essentially important.

文學的各種形式都是從口述傳統產生出來的。一個人的閱讀品味和他童年的口述經驗有着根深蒂固的關係。講故事和朗讀則是介紹書籍給少年兒童的兩種最佳方法，兩者同樣是基本和必要的。

魯迅童年時雖然沒有專門的兒童書籍可讀，但是，他從祖母和保姆的口中聽了不少故事。這兩位長者都是出色的說書人。魯迅直到成年以後仍能憶述童年時從她們那兒聽來的故事。這些故事在不知不覺中引起魯迅對兒童文學的興趣。

兒童文學家一般在童年時都是愛聽故事的孩子。由聽故事而引起他們閱讀書籍的興趣，從而走上從事兒童文學的道路。

巴西兒童文學作家安娜・瑪麗亞・麥加度（Ana Maria Machado, 1941-）曾這麼說 [55]：

I write because, since my earliest days, I have always loved stories. First I enjoyed listening to stories, then reading them ... We will probably find out that at the beginning of someone who writes there was always a child who loved to read. ...

When I was a child, I had a grandmother who only learned how to read and write when she got married. She didn't read much. But she knew an unbelievable amount of folktales and fairy tales. And she had the gift of story-telling, she made them alive and unforgettable.

我寫作是因為從童年開始我便喜愛故事。最初是喜歡聽，後來喜歡自己讀。⋯⋯我們也許會發現每個作者在開始寫作之前必定是個愛閱讀的孩子。⋯⋯

童年時我有一位外婆，她是結了婚以後才學讀書寫字的。她雖然讀書不多，可是卻知道許多民間故事和童話。她而且天生很會講故事，她講故事很生動，教人難忘。

英國兒童文學家菲麗琶·皮耳斯（Philippa Pearce, 1920-2006）主張用講故事的方法來誘導兒童閱讀 [56]：

I told the stories I had loved — or certainly would have loved — as a child myself; and there was usually instant response from the children who listened. ...

當我講那些我小時候喜歡的故事，或者我小時候必定會喜歡的故事時，小孩子們聽了都會馬上有所反應⋯⋯

這種反應，可以說是「文學反應」（response to literature）[57] 兒童天生愛聽故事。因為聽故事，他們初步接觸了文學，由此產生了閱讀書籍的興趣，因此許多愛聽故事的孩子往往也是愛閱讀的孩子。魯迅年幼時，引起他的文學反應的人，正是擅長講故事的祖母和長媽媽。

澳洲兒童文學家帕麗亞·賴特森（Patricia Wrightson 1921-2010）也特別強調講故事對兒童的重要性 [58]：

... The art of story-telling is older than civilization and goes back to the beginning of language ... So the telling of stories as skillfully, as directly and immediately, as we can, is a natural part of the urgent and exciting business of living together on a planet. How strange, then, if we did not tell stories as urgently and as vitally to children.

……講故事的藝術比人類的文明還要古老，可以追溯到語言起源之初……因此，我們講故事時，既要熟練，又要直截了當。這是生活於天地間既自然、又急切而且令人興奮的事。要是我們不把講故事給小孩子們聽當做是件急切和必要的事，那就太奇怪了。

今天的兒童雖然有機會閱讀許多印刷精美的書籍，可是他們未必有機會聽大人講故事。兒童文學界有見於此，正大力提倡恢復講故事這種古老的口傳文學方式，一方面可以培養兒童的閱讀興趣，另一方面可作為彼此溝通的媒介，兼且負有保存文學遺產的任務。

因此，要了解魯迅的童年和兒童文學的關係，不能忽略他的祖母和保姆對他講故事帶給他的影響。

三 小結

魯迅童年的「兒童文學經驗」來自兩方面：一是在私塾的讀書生活，二是聽祖母和長媽媽講故事。

兒童時代的魯迅，並沒有接觸過以兒童為本位的兒童文學。當時舊式科舉制度還未廢除，魯迅讀的是蒙學教本，完全不合兒童的生活和趣味，而成人要求兒童背誦強記。魯迅對於那些完全忽視兒童心理的讀物大為反感，這可以從他讀《鑒略》和《二十四孝圖》的不愉快經驗看得到，而因此也形成了他日後的兒童本位兒童文學觀。

魯迅童年的第二種「兒童文學經驗」來自聽故事，這倒是使他愉快難忘的，而且也合乎兒童本位。魯迅的祖母和保姆都是講故事的能手，她們把這種口傳文學發揮得淋漓盡致，激發幼年魯迅的想像力和好奇心。這種「文學反應」引起了魯迅對閱讀的興趣和求知慾，促使他日後走上文學的道路。像許多作家一樣，魯迅也是先對文學產生了興趣，然後才致力於兒童文學的。

註：

[1] 曾慶瑞：《魯迅評傳》，成都：四川人民出版社，1981，頁 3。

[2] 同上，頁 6。

[3] 蔣風、潘頌德：《魯迅論兒童讀物》，西安陝西人民出版社，1983，頁 103。

[4] 喬峯：《略講關於魯迅的事情》，北京：人民文學出版社，1981，頁 11–12。

[5] 朱忞等編著：《魯迅在紹興》杭州：浙江人民出版社，1981，頁 48。

[6] 同上。頁 56。

[7] 〈五猖會〉，《朝花夕拾》，《魯迅全集（1973）》卷 2，頁 368–373。

[8] 同上，頁 372。

[9] 同上，頁 373。

[10]《魯迅在紹興》，頁 69。

[11] 同上，頁 69–70。

[12]〈看圖識字〉，《且介亭雜文》，《魯迅全集（1973）》卷 6，頁 42–43。

[13]〈阿長與山海經〉，《朝花夕拾》，《魯迅全集（1973）》卷 2，頁 357。

[14] 同上，頁 358。

[15] 同上，頁 358–359。

[16] 同上，頁 359。

[17]《魯迅論兒童讀物》，頁 104。

[18] 〈二十四孝圖〉，《朝花夕拾》，《魯迅全集（1973）》卷 2，頁 362。

[19] 同上，頁 362。

[20] 同上，頁 363–364。

[21] 同上，頁 364–365。

[22] 歐陽詢撰、汪紹楹校：《藝文類聚》卷 20，第一冊，上海：上海古籍出版社，1982，頁 369。

[23] 〈二十四孝圖〉，頁 365。

[24] 同上，頁 366。

[25] 干寶撰、汪紹楹校注：《搜神記》，北京：中華書局，1979，頁 136。

[26] 〈二十四孝圖〉，頁 367。

[27] 《魯迅在紹興》，頁 75。

[28] 同上，頁 80。

[29] 同上，頁 92。

[30] 同上，頁 92。

[31] 同上，頁 93。

[32] 同上，頁 95。

[33] 同上，頁 117。

[34] 同上，頁 118。

[35] 《魯迅論兒童讀物》，頁 105。

[36] 胡從經：《晚清兒童文學鈎沉》，上海：少年兒童出版社，1982，頁 160。

[37] 錢鍾書等著：《林紓的翻譯》，北京：商務印書館，1981，頁 22。

[38] 《晚清兒童文學鈎沉》，頁 160。

[39] 同上，頁 161。

[40] 馬泰來：〈林紓翻譯作品全目〉，見《林紓的翻譯》，頁 98。

[41] 《晚清兒童文學鈎沉》，頁 161。

[42] 同上，頁 161。

[43] 《魯迅論兒童讀物》，頁 106。

[44] 上海教育出版社編：《回憶魯迅資料輯錄》，上海：上海教育出版社，1980，頁 6。

[45] 〈論雷峯塔的倒掉〉，《墳》，《魯迅全集（1973）》卷 1，頁 157–158。

[46] 〈狗 · 貓 · 鼠〉，《朝花夕拾》，《魯迅全集（1973）》卷 2，頁 346–347。

[47] 〈病後雜談之餘〉，《且介亭雜文》，《魯迅全集（1973）》卷 6，頁 189–190。

[48] 〈阿長與山海經〉，《朝花夕拾》，《魯迅全集（1973）》卷 2，頁 355。

[49] 同上，頁 356。

[50] 〈從百草園到三味書屋〉，《朝花夕拾》，《魯迅全集（1973）》卷 2，頁 385–386。

[51] Sawyer Ruth. *The Way of the Storyteller.* New York: Viking Press, 1970. pp.23-39.

[52] 嚴吳嬋霞：〈童話兄弟雅各和威廉 · 格林的生平〉，見《讀者良友》2 卷 5 期，1985 年 5 月 ，頁 81。

[53] Cass, Joan E. *Literature and the Young Child.* 2nd ed. Harlow, Essex: Longman, 1984. p.51.

[54] Chambers, Aidan. *Introducing Books to Children.* London: Heinemann, 1973. p.43.

[55] Machado, Ana Maria. "Why Do You Write for Children?", 1986 年 8 月 19 日東京第 20 屆 IBBY 世界大會講稿，頁 39–40。

[56] Pearce, Philippa. "A Writer's View". 1986 年 8 月 20 日東京第 20 屆 IBBY 大會講稿，頁 70。講者曾獲 1958 年英國卡內基兒童文學獎（Carnegie Medal）。

[57] "Encouraging response to literature", chapter 16, Sutherland, Zena and others. *Children and Books.* 6th ed. Glenview, Ill.: Scot. Foresman, 1981, pp.516-541.

[58] Wrightson, Patricia. "Why Do We Do It?"，1986 年 8 月 21 日東京第 20 屆 IBBY 大會講稿，頁 99。講者獲得 1986 年安徒生兒童文學創作獎（Hans Christian Andersen Prize）。

第四章　魯迅的兒童文學觀及其影響

一 小引

魯迅終其一生十分重視兒童教育，有關兒童教育的論述也不少。他的兒童教育觀是以兒童為本位的，主張把兒童從幾千年來的封建社會中解放出來，承認兒童是獨立的個體，在社會應有自己的地位。這種打破傳統的嶄新兒童教育觀，直接影響了魯迅的兒童文學觀，因為兒童文學是兒童教育的一部分，只有以兒童為本位的兒童教育觀，才可以產生以兒童為本位的兒童文學觀。

1918 年 5 月，魯迅在《狂人日記》中高呼「救救孩子」[1]。這在魯迅的教育思想中有極重大的意義。顧明遠的解釋說 [2]：

> 「救救孩子」可以說是魯迅教育思想的出發點。因為要救救孩子，所以要批判一切舊的教育思想；因為要救救孩子，所以要端正教育思想，用革命的精神去教育他們，用豐富的精神食糧去培養他們；因為要救救孩子，所以要把他們培養成戰士，以便能與舊社會惡勢力作長期的「韌」的戰鬥，求得自身的徹底解放。

「救救孩子」就是把孩子從封建道德中解放出來，使他們成為一個獨立的人。要達到這個目的，就必須先改造孩子的父母，因為孩子是由他們來教導的。在「救救孩子」的呼聲發出後不久，魯迅批判當時中國的父母只負生孩子之責，而不負教孩子之責。他說 [3]：

> 中國的孩子，只要生，不管他好不好，只要多，不管他才不才。生他的人，不負教他的責任。雖然「人口眾多」這一句話，很可以閉了眼睛自負，然而這許多人口，便只在塵土中輾轉，小的時候，不把他當人，大了以後，也做不了人。

魯迅把父親分成兩類，他說 [4]：

> 其一是孩子之父，其一是「人」之父。第一種只會生，不會教，還帶點嫖男的氣息。第二種是生了孩子，還要想怎樣教育，才能使這生下來的孩子，將來成一個完全的人。

魯迅又慨歎中國人的家庭裏沒有「愛」。他說 [5]：

> 我們還要叫出沒有愛的悲哀，叫出無所愛的悲哀。……我們要叫到舊賬勾消的時候。
>
> 舊賬如何勾消？我說：「完全解放了我們的孩子！」

至於怎樣解放孩子，魯迅於翌年 1919 年 10 月寫的《我們現在怎樣做父親》一文中這樣說 [6]：

> 但中國的老年，中了舊習慣舊思想的毒太深了，決定悟不過來。……沒有法，便只能先從覺醒的人開手，各自解放了自己的孩子。自己背着因襲的重擔，肩住了黑暗的閘門，放他們到寬闊光明的地方去；此後幸福的度日，合理的做人。

魯迅更進一步運用生物進化的觀點，闡明覺醒的父母與子女應有的關係。他說 [7]：

> 便是依據生物界的現象，一、要保存生命；二、要延續這生命；三、要發展這生命（就是進化。）生物都這樣做，父親也就是這樣做。

生物為了保存生命，必須攝取食物，為了延續生命，必須與配偶生兒育女，這是自然的規律，父母對子女也就沒有「恩」了。魯迅要求「覺醒」的父母，能夠做到 [8]：

> 了解夫婦是伴侶，是共同勞動者，又是新生命創造者的意義。所生的子女，固然是受領新生命的人，但他也不永久佔領，將來還要交付子女，像他們的父母一般。

父母與子女間雖然沒有甚麼「恩」，但卻有「愛」，這是自然界給予生命的一種天性。在生物進化的過程中，後起的生命比以前的「更有意義，更近完全」，因此父母應該愛護子女，甚至為子女而犧牲自己。魯迅認為人類社會應以「幼者弱者為本位」，那才合乎生物學的真理，因此魯迅主張覺醒的父母應該這樣對待子女 [9]：

> 義務思想須加多，而權利思想卻大可切實核減，以準備改作幼者本位的道德。況且幼者受了權利，也並非永久佔有，將來還要對於他們的幼者，仍盡義務。

魯迅鄭重提出他的「以幼者為本位」的兒童教育觀，其要點有三 [10]：

> 第一，便是理解。往昔的歐人對於孩子的誤解，是以為成人的預備；中國人的誤解，是以為縮小的成人。直到近來，經過許多學者的研究，才知道孩子的世界，與成人截然不同；倘不先行理解，一味蠻做，便大礙於孩子的發達。所以一切設施，都應以孩子為本位，……

> 第二，便是指導。時勢既有改變，生活也必須進化；所以後起的人物，一定優異於前，決不能用同一模型，無理嵌定。長者須是指導者協商者，卻不該是命令者。不但不該責幼者供奉自己；而且還須用全副精神，專為他們自己，養成他們有耐勞作的體力，純潔高尚的道德，廣博自由能容納新潮流的精神，也就是能在世界新潮流中游泳，不被淹沒的

力量。

第三，便是解放。子女是即我非我的人，但既已分立，也便是人類中的人。因為即我，所以更應該盡教育的義務，交給他們自立的能力；因為非我，所以也應因時解放，全部為他們自己所有，成一個獨立的人。

魯迅的這種「以幼者為本位」的新觀念，對當時的兒童教育有重大的影響。魯迅的兒童文學理論正是建立在這個基礎上的。

二 理論要點述評

1. 兒童本位

魯迅曾說過「將來是子孫的時代」[11]，兒童的命運也就是國家和民族未來的命運，只有讓兒童從小接受良好的教育，國家和民族才有前途和希望。為了教育好兒童，魯迅特別重視兒童文學。他把兒童文學看作兒童教育的重要工具。他的兒童文學觀也是以兒童為本位的。

以兒童為本位的兒童文學是在對兒童有正確的認識後產生的。兒童並不是縮小的成人，因此，兒童讀物應與成人讀物不同。

韋葦在《世界兒童文學史概述》中說中國現代兒童文學是由翻譯外國兒童文學開始的。他說 [12]：

中國的兒童文學眞正起步，或者現代意義上的兒童文學的起步，是在本世紀 20 年代前後譯風大開之後。譯風一開，中國於是知道外國有伊索、格林、凡爾納，有魯濱孫和阿里巴巴。那時候，中國現代兒童文學的先驅者孫毓修編纂的《童話》叢書、《少年叢書》中就收了許多譯寫的外國兒童文學作品。

然而，中國人之重視兒童應在魯迅高呼「救救孩子」的口號之後。於是，有不少作家翻譯外國兒童文學作品，再創作具有中國特色的現代兒童文學。所謂現代兒童文學，便是以兒童為本位的文學。

2. 兒童心理

魯迅沒有寫過有關兒童文學的專著。他的兒童文學理論散見於一些隨筆、雜感、散文、日記、書信，和序文中。1936 年 3 月，魯迅在給楊晉豪的信中這樣說 [13]:

> 關於少年讀物，誠然是一個大問題；偶然看到一點印出來的東西，內容和文章，都沒有生氣，受了這樣的教育，少年的前途可悲。
>
> 不過改進需要專家，一切幾乎都得從新來一下。我向來沒有研究兒童文學，曾有一兩本童話，都是為了插圖，買來玩玩的，《錶》即其一。

魯迅雖然並非研究兒童文學的專家，但他很重視兒童教育。從 1909 年到 1926 年，魯迅都是在從事教育工作，這是他一生中很重要的一個時期。1909 年 8 月，魯迅從日本回國，擔任杭州浙江兩級師範學堂的教員，教初級師範化學、優級（高級）師範的生理衛生學，兼任博物學（動物、植物、礦學），並當日文教師的翻譯。1910 年暑假回到家鄉紹興府中學堂做監學（教務長），兼任博物學，生理衛生學教員 [14]。辛亥革命後，魯迅改任山會初級師範學堂（1912 年初改稱紹興師範學校）監督 [15]。從 1912 年 3 月至 1926 年 8 月，魯迅在北京教育部任職，最初被任為社會教育司第二科科長，不久改任僉事，負責文物、圖書、美術等工作 [16]。

魯迅早期在北京教育部工作時，曾經翻譯了兩篇有關兒童教育心理的論文：其一為日本上野陽一作的《兒童之好奇心》，載於 1913 年 11 月教育部《編纂處月刊》第一卷第十冊 [17]；其二為日本高島平三郎作的《兒童觀念界之研究》，發表於 1915 年 3 月教育部社會教育司編《全國兒童藝術展覽紀要》中，這是一篇通過繪畫試驗研究兒童心理的文章 [18]。

正因為魯迅熟悉兒童心理，所以他站在兒童的立場來批評當時的兒童讀物。當時，除了魯迅，根本沒有人注意兒童文學的評論工作。他在《新秋雜識》中說 [19]：

經濟的凋敝，使出版界不肯印行大部的學術文藝書籍，不是教科書，便是兒童書，黃河決口似的向孩子們滾過去。但那裏面講的是甚麼呢？要將我們的孩子們造成甚麼東西呢？卻還沒有看見戰鬥的批評家論及，似乎已經不大有人注意將來了。

魯迅認為批評家的任務應該是 [20]：

打掉毒害小兒的藥餌，打掉陷沒將來的陰謀：這才是人的戰士的任務。

三十年代，兒童讀物中有畫本一類，魯迅在《上海的兒童》（1933 年 8 月 12 日）一文中這樣批評說 [21]：

現在總算中國也有印給兒童看的畫本了，其中的主角自然是兒童，然而畫中人物，大抵倘不是帶着橫暴冥頑的氣味，甚而至於流氓模樣的，過度的惡作劇的頑童，就是勾頭聳背，低眉順眼，一副死板板的臉相的所謂「好孩子」。這雖然由於畫家本領的欠缺，但也是取兒童為範本的，而從此又以作供給兒童仿效的範本。我們試一看別國的兒童畫吧，英國沉着，德國粗豪，俄國雄厚，法國漂亮，日本聰明，都沒有一點中國似的衰憊的氣象。觀民風是不但可以由詩文，也可以由圖畫，而且可以由不為人們所重的兒童畫的。

這類讀物當然沒有教育意義，所以，魯迅頗感歎地說 [22]：

我們的新人物，講戀愛，講小家庭，講自立，講享樂了，但很少有人為兒女提出家庭教育的問題，學校教育的問題，社會改革的問題。

魯迅從當時出版的兒童畫本，看到中國兒童的衰憊相，反映出中國兒童的問題，實是家庭教育、學校教育和社會改革的問題。他的觀察敏鋭，批評深刻。

3. 語言

1926 年 5 月，魯迅在《二十四孝圖》一文中，猛烈抨擊「一切反對白話，妨害白話者」，因為他們不使兒童享有可以讀得懂的讀物。他說 [23]：

自從所謂「文學革命」以來，供給孩子的書籍，和歐、美、日本的一比較，雖然很可憐，但總算有圖有說，只要能讀下去，就可以懂得的了。可是一班別有心腸的人們，便竭力來阻遏它，要使孩子的世界中，沒有一絲樂趣。

魯迅在文中「詛咒一切反對白話，妨害白話者」。他自己童年時曾經身受無書可讀的痛苦，因此有切膚之痛。他說 [24]：

每看見小學生歡天喜地地看着一本粗拙的《兒童世界》

之類，另想到別國的兒童用書的精美，自然要覺得中國兒童的可憐。但回憶起我和我的同窗小友的童年，卻不能不以為他幸福，給我們的永逝的韶光一個悲哀的弔唁。我們那時有甚麼可看呢，只要略有圖畫的本子，就要被塾師，就是當時的「引導青年的前輩」禁止，呵斥，甚而至於打手心。我的小同學因為專讀「人之初性本善」讀得要枯燥而死了，只好偷偷地翻開第一葉，看那題着「文星高照」四個字的惡鬼一般的魁星像，來滿足他幼稚的愛美的天性。昨天看這個，今天也看這個，然而他們的眼睛裏還閃出甦醒和歡喜的光輝來。

魯迅認為兒童文學不但要用白話來寫，使兒童易懂，內容也要有趣味，不和時代脫節。1935 年，他在《錶》的《譯者的話》裏這樣說 [25]：

看現在新印出來的兒童書，依然是司馬溫公敲水缸，依然是岳武穆王脊樑上刺字；甚而至於「仙人下棋」「山中方七日，世上已千年」；還有《龍文鞭影》裏的故事的白話譯。這些故事的出世的時候，豈但兒童們的父母還沒有出世呢，連高祖父母也沒有出世，那麼，那「有益」和「有味」之處，也就可想而知了。

兒童文學的讀者當然是兒童。依據小讀者的心理特徵和智力發展來創作，使作品能引起兒童的閱讀趣味和易於理解。魯迅除了抨擊二、三十年代出版的兒童讀物內容陳腐和印刷低劣外，他還主張為兒童寫作應該注意兒童的特點，盡量接近兒童、認識兒童。

魯迅在《看圖識字》一文中慨歎當時的「兒童文學家」已經「忘卻了自己曾為孩子時候的情形了」，因此把兒童「看作一個蠢才，甚麼都不放在眼裏」，所以出版的兒童讀物都是「色彩惡濁」「圖畫死板」內容「奄奄無生氣」[26]。他認為作家應先進入孩子的世界，認識孩子是和成人不同的。他說 [27]：

凡一個人，即使到了中年以至暮年，倘一和孩子接近，便會踏進久經忘卻了的孩子世界的邊疆去，想到月亮怎麼會跟着人走，星星究竟是怎麼嵌在天空中。但孩子在他的世界裏，是好像魚之在水，游泳自如，忘其所以的，成人卻有如人的鳧水一樣，雖然也覺到水的柔滑和清涼，不過總不免吃力、為難，非上陸不可了。

魯迅又說 [28]：

孩子是可以敬服的，他常常想到星月以上的境界，想到地面下的情形，想到花卉的用處，想到昆蟲的言語；他想飛上天空，他想潛入蟻穴……所以給兒童看的圖書就必須十分慎重，做起來也十分煩難。

兒童天生有極豐富的想像力，愛幻想，這是成人所缺少的。魯迅認為幻想是兒童生活的一部分，因此，童話這種重在幻想的文體，對兒童是有益而無害的。他所翻譯的兒童文學作品中，也以童話為最多。

至於兒童文學作品的語言問題，魯迅認為作家應該向孩子學習語言，他說 [29]：

孩子們常常給我好教訓，其一是學話。他們學話的時候，沒有教師，沒有語法教科書，沒有字典，只是不斷的聽取，記住，分析，比較，終於懂得每個詞的意義，到得兩三歲，普通的簡單的話就大概能夠懂，而且能夠說了，也不大有錯誤。小孩子往往喜歡聽人談天，更喜歡陪客，那大目的，固然在於一同吃點心，但也為了愛熱鬧，尤其是在研究別人的言語，看有甚麼對於自己有關係 —— 能懂，該問，或可取的。

魯迅說他自己寫作時，為了使讀者易懂，不採用「冷僻字」。他說 [30]：

說是白話文應該「明白如話」，已經要算唱厭了的老調了，但其實，現在的許多白話文卻連「明白如話」也沒有做到。倘要明白，我以為第一是在作者先把似識非識的字放棄，從活人的嘴上，採取有生命的詞彙，搬到紙上來；也就是學學孩子，只說些自己的確能懂的話。

魯迅在開始寫小說時，便堅持文字一定要順口和易懂，他在《我怎麼做起小說來》一文中回憶說 [31]：

……所以我力避行文的嘮叨，只要覺得夠將意思傳給別人了，就寧可甚麼陪襯拖帶也沒有。中國舊戲上，沒有背景，新年賣給孩看的花紙上，只有主要的幾個人（但現在的花紙多有背景了），我深信對於我的目的，這方法是適宜的，所以我不去描寫風月，對話也決不說到一大篇。

我做完之後，總要看兩遍，自己覺得拗口的，就增刪幾個字，一定要它讀得順口；沒有相宜的白話，寧可引古語，希望總有人會懂，只有自己懂得或連自己也不懂的生造出來的字句，是不大用的。

魯迅在翻譯兒童文學作品時，也是遵守顯淺易懂這個原則的。1935 年 1 月，他譯完蘇聯班台萊耶夫的兒童小說《錶》，為了使小讀者看得懂，他極力不用難字。他說 [32]：

……想不用甚麼難字，給十歲上下的孩子們也可以看。但是，一開譯，可就立刻碰到了釘子了，孩子的話，我知道太少，不夠達出原文的意思來，因此仍然譯得不三不四。

魯迅是從 1 月 1 日開始着手翻譯《錶》的，他在 1 月 4 日寫給蕭軍和蕭紅的信裏曾提到不用難字的困難 [33]：

新年三天，譯了六千字童話，想不用難字，話也就比較的容易懂，不料竟比古文還難，每天弄到半夜，睡了還做亂夢，那裏還會記得媽媽，跑到北平去了呢？

4. 題材

魯迅心目中的中國新一代的兒童是這樣的 [34]：

……有耐勞作的體力，純潔高尚的道德，廣博自由能容納新潮流的精神，也就是能在世界新潮流中游泳，不被淹沒的力量。

兒童文學便應向着這個目標，把兒童培養成「以新的眼睛和新的耳朵，來觀察動物、植物和人類的世界者」[35]，並且「使他向着變化不停的新世界，不斷的發榮滋長的」[36]。因此兒童讀物的內容應有所革新，不能一味向兒童灌輸傳統的封建道德思想。魯迅以自己童年時候所看的《二十四孝圖》為例，指出書中所列舉的二十四個孝例，完全脫離現實生活，兒童看了，非但不能引起共鳴，反而產生強烈的反感。魯迅自己便十分不喜歡《老萊娛親》和《郭巨埋兒》這兩則故事 [37]。

兒童文學作者應從現實生活中選擇與兒童生活有關的題材，反映時代的精神和面貌。魯迅翻譯《錶》的目的之一，正是「要將這樣的嶄新的童話，紹介一點進中國來，以供孩子們的父母、師長，以及教育家、童話作家來參考」[38]。

魯迅認為創作是可貴的。作者應該不斷發掘新題材，他特別欣賞葉紹鈞的《稻草人》，說「是給中國的童話開了一條自己創作的路的」。

在《〈勇敢的約翰〉校後記》裏他又說 [39]：

> 但是，現在倘有新作的童話，我想，恐怕未必再講封王拜相的故事了。

魯迅認為新時代的兒童用新的眼睛來觀察事物，兒童文學作者必須給他們創作新的作品。

其次，兒童文學的題材應當多樣化，因為兒童的求知慾旺盛，興趣廣泛，為了滿足他們的好奇心，擴闊他們的視野，兒童讀物應該從多方面取材。魯迅翻譯童話《小約翰》的一個原因便是因為他很欣賞作者的「博識和敏感」。他說：

其中如金蟲的生平，菌類的言行，火螢的理想，螞蟻的平和論，都是實際和幻想的混合。[40]

《小約翰》取材自生物界現象，魯迅說書中所描寫的「荷蘭海邊的沙崗風景，已足令人神往了。」[41] 書中有不少動植物的名字，使魯迅在翻譯時遇到不少困難，那是因為「我們和自然一向太疏遠了，即使查出了見於書上的名，也不知道實物是怎樣。」[42] 因此，為兒童寫作若要取材廣博，作者必須首先要有廣博的學識，而「博識」則是來自「緻密的觀察」。魯迅在他翻譯的童話《小彼得》的《序言》中就稱讚作者「緻密的觀察，堅實的文章」，而故事的背景是煤礦、森林、玻璃廠、染色廠，取材自勞動孩子的現實生活。[43]

兒童文學不應該只是純文學的讀物，還應該包括知識性的讀物，魯迅曾經大力倡導青少年兒童閱讀科學性

圖 2　魯迅翻譯的《小約翰》（未名社印行《未名叢刊》之一，1928 年版）書影。

圖 3 《小彼得》，魯迅為此書作序，收入春潮書局 1929 年版本，該故事譯者許霞，即許廣平，魯迅亦參與文本校改。

的讀物。1927 年 7 月 16 日魯迅在廣州知用中學以《讀書雜談》為題的演講中曾這樣說 [44]：

……應做的功課已完而有餘暇，大可以看看各樣的書，即使和本業毫不相干的，也要泛覽，譬如學理科的，偏看看文學書，學文學的，偏看看科學書，看看別個在那裏研究的，究竟是怎麼一回事。這樣子，對於別人，別事，可以有更深的了解。

此前在 1925 年，魯迅便已注意到青少年可看的科學讀物十分缺乏，他希望中國的科學家也為兒童寫作。他在寫給徐炳昶的信裏這樣說 [45]：

單為在校的青年計，可看的書報實在太缺乏了，我覺得至少還該有一種通俗的科學雜誌，要顯淺而且有趣的。可惜中國現在的科學家不大做文章，有做的，也過於高深，於是就很枯燥。現在要 Brehm 的講動物生活，Fabre 的講昆蟲故事似的有趣，並且插許多圖畫的；但這非有一個大書店擔任即不能印。至於作文者，我以為只要科學家肯放低手眼，再看看文藝書，就夠了。

其實早在 1903 年和 1906 年，當魯迅還在日本留學時，他已先後把法國凡爾納（Jules Verne, 1828-1905）的《月界旅行》（*From the Earth to the Moon*）和《地底旅行》

（A *Journey to the Centre of the Earth*）翻譯成中文。魯迅把科學小說（Science Fiction）譯介到中國來，目的是倡導透過文藝的形式，用「顯淺而且有趣」的方法向小讀者介紹科學的知識，另一方面也鼓勵兒童文學作者選取科學題材，為兒童創作科學讀物。有關魯迅與科學小說的翻譯和推介，詳見本書第五章第四節。

5. 插畫

中國的兒童讀物，向來就不注重插圖。直到今天，仍然少有專門研究兒童讀物插畫的專業論著。可是早在二十年代，魯迅已經注意到這個問題。兒童喜愛圖畫，有時還因為圖畫才去看文字。他在《致孟十還》的信裏這樣說 [46]：

> ……歡迎插圖是一向如此的，記得十九世紀末，繪圖的《聊齋志異》出版，許多人都買來看，非常高興的。而且有些孩子，還因為圖畫，才去看文章，所以我認為插圖不但有趣，而且亦有益。

插畫除了引起讀者的閱讀興趣外，還可補充文字之不足，幫助讀者明白書中的內容。魯迅在《連環圖畫辯護》一文中說 [47]：

> 書籍的插畫，原意是在裝飾書籍，增加讀者的興趣的，但那力量，能補助文字之所不及，所以也是一種宣傳畫。這種畫的幅數極多的時候，即能只靠圖像，悟到文字的內容，和文字一分開，也就成了獨立的連環圖畫。

兒童讀物插畫不但要富趣味性，而且必須與文字互相配合，互相補充。1934 年，魯迅給他的孩子買了一本民國二十一年（1932 年）出版的《看圖識字》，對裏面的插圖便甚不以為然 [48]：

> 先是那色彩就多麼惡濁，但這且不管他。圖畫又多麼死板，這且也不管他。出版處雖然是上海，然而奇怪，圖上有蠟燭，有洋燈，卻沒有電燈；有朝靴，有三鑲雲頭鞋，卻沒有皮鞋。跪着放槍的，一腳拖地；站着射箭的，兩臂不平，他們將永遠不能達到目的，更壞的是連釣竿、風車、布機之類，也和實物有些不同。

作插畫的人必須「熟悉他所畫的東西，一個『蘿蔔』，一隻雞，在他的記憶裏，並不含糊，畫起來當然就切實。」[49] 當然，畫家得先能夠維持生活，才「有餘力去買參考書，觀察事物，修煉本領」[50]。所以，魯

迅又說 [51]：

……所以給兒童看的圖書就必須十分愼重，做起來也十分煩難。即如《看圖識字》這兩本小書，就天文、地理、人事、物情，無所不有。其實是，倘不是對於上至宇宙之大，下至蒼蠅之微，都有些切實知識的畫家，決難勝任的。

魯迅在看了吳友如畫的《女二十四孝圖》和《後二十四孝圖說》後說 [52]：

吳友如畫的最細巧，也最能引動人。但他於歷史畫其實是不大相宜的；他久居上海的租界裏，耳濡目染，最擅長的倒在作「惡鴇虐妓」「流氓拆梢」一類的時事畫，那眞是勃勃有生氣，令人在紙上看出上海的洋場來。但影響殊不佳，近來許多小說和兒童讀物的插畫中，往往將一切女性畫成妓女樣，一切孩童都畫得像一個小流氓，大半就因為太看了他的畫本的緣故。

他後來在社會科學研究會演講《上海文藝之一瞥》時，又批評吳友如的畫 [53]：

在這之前，早已出現了一種畫報，名目就叫《點石齋畫報》，是吳友如主筆的，神仙人物，內外新聞，無所不畫，但對於外國事情，他很不明白，例如畫戰艦罷，是一隻商船，而艙面上擺着野戰炮；畫決鬥則兩個穿禮服的軍人在客廳裏拔刀相擊，至於將花瓶也打落跌碎。然而他畫「老鴇虐妓」「流氓拆梢」之類，卻實在畫得很好的，我想，這是因為他看得太多了的緣故；就是在現在，我們在上海也常常看到和他所畫一般的臉孔。這畫報的勢力，當時是很大的，流行各省，算是要知道「時務」── 這名稱在那時就如現在之所謂「新學」── 的人們的耳目。前幾年又翻印了，叫作《吳友如墨寶》，而影響到後來也實在利害，小說上的繡像不必說了，就是在教科書的插畫上，也常常看見所畫的孩子大抵是歪戴帽，斜視眼，滿臉橫肉，一副流氓氣。

魯迅批評吳友如的插畫，固然是因為他的畫流傳廣，影響大，但從中可以看出插畫家只能畫他熟悉的事物，否則畫出來的東西便不真實；此外，插畫可以對社會產生很大的影響，插畫家必須善用，以避免對兒童產生不良的影響。

三 影響

魯迅的兒童文學理論對中國兒童文學的發展有重大的影響。郭沫若（1892–1978）、鄭振鐸（1898–1958）、茅盾（1896–1981）及陳伯吹（1906–1997）等人都曾受了魯迅的影響。可以說，魯迅一人既推動了中國兒童文學的發展，也影響了後來的兒童文學工作者。

魯迅的《狂人日記》發表於 1918 年 5 月，《我們現在怎樣做父親》發表於 1919 年 11 月，而郭沫若的《兒童文學之管見》則發表於 1921 年 1 月。當時一般人對於兒童文學還有不少誤解。為了澄清這些錯誤的觀念，郭沫若特別在文中說明兒童文學應具備的本質。他開宗明義就指明是「兒童本位的文字」，他說 [54]：

> 兒童文學，無論採用何種形式（童話，童謠，劇曲），是用兒童本位的文字，由兒童的感官以直愬於其精神堂奧，唯依兒童心理的創造性的想像與感情之藝術。兒童文學其重感情與想像二者，大抵與詩的性質相同；其所不同者特以兒童心理為主體，以兒童智力為標準而已。純真的兒童文學家必同時是純真的詩人，而詩人則不必人人能為兒童文學。故就創作方面言，必熟悉兒童心理或赤子之心未失的人，如化

身而為嬰兒自由地表現其感情與想像；就鑒賞方面而言，必使兒童感識之之時，如出自自家心坎，於不識不知之間而與之起渾然化一的作用。能依據兒童心理而不用兒童本位的文字以表現，不能起此渾化作用。僅用兒童本位的文字以表示成人的心理，亦不能起此渾化作用。兒童與成人，在生理上與心理上的狀態，相差甚遠。兒童身體決不是成人的縮影，成人心理也決不是兒童之放大。創作兒童文學者，必先體會兒童心理，猶之繪畫雕塑家必先研究美術的解剖學。

1943 年 2 月，郭沫若再以《本質的文學》為題，指出兒童文學的讀者是兒童，為兒童寫作的人一定要能夠表達兒童的心理。他說 [55]：

兒童文學自然是以兒童為對象，而使兒童能夠看得懂，至少是聽得懂的東西。要使兒童聽得懂，自然要寫得很淺顯。這就是一件不容易的事。不過這還不算頂不容易的。頂不容易的是在以淺顯的言語表達深醇的情緒，而使兒童感覺興趣，受到教育。……

兒童文學的難處就在這兒，要你能夠表達兒童的心理，創造兒童的世界，這本質上就是很純很美的文學。

郭沫若認為成人愛兒童，應從「兒童本位」出發，而文學家為兒童寫作，也必須具備「兒童的心」[56]：

人人差不多都是愛好兒童的，但愛好的心也差不多都是自我本位，而不是兒童本位。……

中國在目前自然是應該提倡兒童文學的，但由兒童來寫則僅有「兒童」，由普通文學家來寫也恐怕只有「文學」，總要具有兒童的心和文學的本領的人然後才能勝任。

1955 年 9 月郭沫若在《請為少年兒童寫作》一文中，呼籲中國作家應該重視兒童和兒童文學，並且為兒童寫作。他說 [57]：

事實上兒童文學是最難做好的東西。我是在這樣想的：一個人要在精神上比較沒有渣滓，才能做得出好的兒童文學。……

要做好兒童文學，有必要努力恢復我們自己的少年兒童時代的活潑純潔的精神，並努力向今天的少年兒童的生活作深入的體會。

郭沫若還強調兒童文學作品的內容「要有相應的科學知識的基礎」，才能「收到所企圖的應有的教育意義」。他也提倡「反映新的現實，適合新時代要求的兒童文學的創作」。[58]

鄧牛頓和匡壽祥認為郭沫若和魯迅的兒童文學觀都

同樣是以兒童為本位的 [59]：

這同魯迅曾經說過的，「一切設施，都應該以孩子為本位」的主張，在精神上是完全一致的（《墳・我們現在怎樣做父親》），只有承認兒童的獨特的心理活動特徵，重視兒童文藝在反映內容和表現形式上的特點，才有可能使兒童文藝作品為孩子們所容易理解和樂於接受。早在半個世紀以前，郭老發表的這些關於兒童文學創作的見解，在今天仍然具有指導意義。

彭斯遠也有這樣的看法。他說 [60]：

在郭氏看來，兒童文學對孩子顯然具有思想教育的功能，但作品卻不應該成為枯燥的說教和訓斥，兒童文學運用的語言，當然應該通俗生動，易於理解，但卻不能把它降低為未經提煉的「平板淺薄」的所謂「口水話」；兒童文學當然要體現孩子的豐富想像，但也不能把童心的幻想力墮落為妖怪鬼神的呼風喚雨，興濤作浪。這樣，作者就把兒童文學在藝術表現上必備的某些特點與體現這些特點時可能產生的弊病加以區別，同時在此基礎上，指出了兒童文學的實質應是以兒童為「本位」的。所謂「本位」，就是根本、核心或出發點的意思。即是說，兒童文學應以兒童為服務對象，以小讀者的心理特徵和智力發展所決定了的兒童理解力為創作出發點。「兒童本位」的觀點，強調了兒童文學服務於兒童，強調了孩子對於兒童文學所起的制約作用。毫無疑問，這一觀點是完全正確的。它的深刻含義在於既點明了兒童文學的創作目的和社會功能，也觸及到它的題材範圍和藝術特徵。作者能在二十年代初期明確地提出此種看法，這對推動我國兒童文學的創作和理論探討，應該說是起了積極作用的。

鄭振鐸的兒童文學觀也是以兒童為本位的。他在《兒童讀物的問題》一文中說 [61]：

……為了適合於兒童的年齡與智慧，情緒的發展的程序，他的「讀物」，精神上的糧食，也是不能完全相同的。

更重要的是，兒童的「讀物」和成人的讀物並不會是完全相同的。

把成人的「讀物」全盤的餵給了兒童，那是不合理的，即把它們「縮小」了給兒童，也還是不合理的。

我們應該明白兒童並不是「縮小」的成人。……

凡是兒童讀物，必須以兒童為本位。要順應了兒童的智慧和情緒的發展的程序而給他以最適當的讀物。

這個原則恐怕是打不破的。

鄭振鐸批評當時新出版的兒童讀物，都是「縮小」

了的成人的讀物。他認為神話、傳說、神仙故事、小說等，不能「全都搬給了近代的兒童去讀」。必須加以「謹慎的選擇。」[62]

最後，鄭振鐸也以魯迅「救救孩子」的口號呼籲說[63]：

兒童比成人得更當心的保養。關於兒童讀物的刊行，自然得比一般讀物的刊行更要小心謹慎。

「救救孩子罷！」

此前在 1921 年 12 月，鄭振鐸在《兒童世界宣言》裏，便說過他的編輯宗旨是教育兒童，特別注重兒童文學的趣味性。他列舉的三個宗旨是 [64]：

（一）使它適宜於兒童的地方的及其本能的興趣及愛好；

（二）養成並且指導這種興趣及愛好；

（三）喚起兒童已失的興趣與愛好。

雖然鄭振鐸參考了美國麥克．林東（Maclintock）[65] 的說法，但他注重兒童特點和趣味性的主張也是和魯迅相同的。

在《兒童世界》出了二十六期後，鄭振鐸從第三卷第一期開始把編輯方針稍作修改，使雜誌更加切合兒童的需要和更富趣味性。並重申《兒童世界》的宗旨 [66]：

……一方面固是力求適應我們的兒童的一切需要，在別一方面卻決不迎合現在社會的 —— 兒童的與兒童父母的 —— 心理。我們深覺得我們的工作，決不應該「迎合」兒童的劣等嗜好，與一般家庭的舊習慣，而應當本着我們的理想，種下新的形象，新的兒童生活的種子，在兒童乃至兒童父母的心裏。因此純粹的中國故事，我們是十分謹慎的採用的。有許多流行於中國各地的故事是「非兒童的」是「不健全的」。

鄭振鐸的主張也正與魯迅相同，正如盛巽昌在《鄭振鐸和兒童文學》一文中所說的 [67]：

兒童文學理論，早皆有之，鄭振鐸以自己的工作實踐，正確地提出了它的對象、方法和任務；他立足於「救救孩子」，正視現實的世界，盼望通過新生一代的教育，使社會變得美好，從貧困、愚昧中擺脫出來。

鄭振鐸可說是魯迅的兒童文學理論實踐者。這可以從他主編的《兒童世界》看出來 [68]：

一九二二年一月，鄭振鐸主編商務印書館編譯所《兒童世界》，為了使它適應十歲左右的兒童心理，在他主持的一年間，曾多次革新，使內容時時進步，「本刊的內容，幾乎時時刻刻都在改良之中，所以一期出版總比前一期不同」(《兒童世界》第三卷第四期)。鄭振鐸有一顆純潔的童心，「由於愛好他的同伴，『大孩子』愛好小孩子，所以貢獻這些實物於他們」(葉聖陶：《天鵝序二》)。他尤其關切低幼兒童的精神滋補，為此做了一系列的改變，該刊第一卷多為童話、故事，後幾卷就增添了勞作、遊戲、戲劇；原先的珍奇動植物照片代替以彩色生活畫；長篇作品減少了，圖畫故事增多了，甚至若干畫面，不用文字說明也能猜摸，圖文並茂，相映成輝。

鄭振鐸主編的《兒童世界》對中國兒童文學的發展，影響重大。盛巽昌在《鄭振鐸和兒童文學》一文中說 [69]：

《兒童世界》在鄭振鐸主持期間，發行全國三十一個城市以及新加坡、日本諸地，達到兒童刊物從未有過的繁榮局面。它的長處和特色，至今仍能為我們學習和借鑒的。

《兒童世界》創辦於 1922 年，甚為小讀者歡迎，這跟振鐸的以「兒童本位」的編輯方針，當然是關係密切的。

陳伯吹也是主張兒童本位的。1959 年，他在《談兒童文學工作中的幾個問題》一文中談到編輯審稿的工作時說 [70]：

兒童文學作品既然和成人文學作品同屬於一個範疇的兩個分野，儘管眞正好的兒童文學作品成年人也喜愛讀，並且世界上也不缺乏好的成人文學作品同樣適用於兒童而列入兒童文學，然而由於它的特定的讀者對象的關係，究竟具有它自己的特點。因此，編輯同志在審稿的時候，應該注意到它雖然也是文學作品，而在某些地方必須分別對待，甚至應該有另外一種尺度去衡量，可惜事實上並不能如此。一般來說，編輯同志在不知不覺間，有意無意地把它們等同起來看，這種主觀主義的「一視同仁」式的看法，難保不錯誤地「割愛」了較好的作品。雖然這種錯誤是誰也難以完全避免的。然而如果能夠「兒童本位」一些，可能發掘出來的作品會更加多一些。如果審讀兒童文學作品不從「兒童觀點」出發，不在「兒童情趣」上體會，不懷着一顆「童心」去欣賞鑒別，一定會有「滄海遺珠」的遺憾；而被發表和被出版的作品，很可能得到成年人的同聲讚美，而眞正的小讀者未必感到有興趣。這在目前小學校裏的老師們頗多有這樣的體會。這沒有甚麼奇怪，因為它們是成人的兒童文學作品啊！

在另一篇文章《談兒童文學創作上的幾個問題》中，

陳伯吹又提出了兒童文學的「特殊性」問題，強調兒童文學的「特點」，和成人文學應有所區別。他說 [71]：

> 兒童文學的特殊性是在於具有教育的方向性，首先是照顧兒童年齡的特徵。說明白些，是要求了解兒童的心理狀態，他們的好奇、求知、思想、感情、意志、行動、注意力和興趣等等的成長過程。……
>
> 誰也明白這個道理：學齡前的幼童，小學校的低年級、中年級、高年級生，以及中學校的初中生，因為他們的年齡不同，也就是他們的心理、生理的成長和發展不同，形成思想觀念和掌握科技知識也是在不同的階段上，兒童文學作品必須在客觀上和它的讀者對象的主觀條件相適應，這才算是眞正的兒童文學作品。……
>
> 因此，怎樣明確地、深刻地理解兒童文學的特殊性，對我們兒童文學工作者來說，是極端必要的，並且是有益的。

兒童文學作家必須首先認識到兒童文學的特殊性，才能創作出兒童本位的作品。因此，陳伯吹說 [72]：

> 一個有成就的作家，能夠和兒童站在一起，善於從兒童的角度出發，以兒童的耳朵去聽，以兒童的眼睛去看，特別以兒童的心靈去體會，就必然會寫出兒童所看得懂、喜歡看的作品來。作家既然是「人類靈魂的工程師」，當然比兒童

站得高、聽得清、看得遠、觀察得精確，所以作品裏必然還會帶來那新鮮的和進步的東西，這就是兒童精神糧食中的美味和營養。

陳伯吹所說的「兒童觀點」「兒童情趣」「童心」和「特殊性」等，大抵與魯迅的理論是相同的。魯迅的兒童文學觀源自他的兒童教育觀，而陳伯吹的兒童文學觀，也是着重在教育的。他本身也是一位教育工作者。1980年陳伯吹寫了一篇《蹩腳的「自畫像」》，述說他從事兒童文學五十多年的經過。他的創作和教育工作是互相配合的 [73]：

……我學寫兒童文學，從而熱愛兒童文學，是為了孩子們，是工作上的需要，又是感情上的激發，興趣上的滿足，思想上的安慰。可以這樣說：我的兒童文學工作，幾乎總是伴隨着我的教育工作而進行，兩者密切相聯繫，互相配合着的。

這就是我搞兒童文學的起點。

陳伯吹說他的兒童文學的觀點，「往往是從教育的角度出發，因而與作家們的看法常有同中存異的分歧」[74]。

這個理論對於五十年代的兒童文學發展，影響重大。但是，到了1960年，中國兒童文學界進行了一場少年兒童文學的大辯論，也有人稱它為少年兒童文學的兩條道路的鬥爭，陳伯吹的「童心論」受到嚴厲批判。茅盾在《一九六零年少年兒童文學漫談》一文中對這場論爭評論說[75]：

爭論是從陳伯吹的「童心論」或「兒童本位論」引起來的。

陳伯吹那套理論，並非新東西，這是資產階級兒童文學理論家鼓吹了差不多一個世紀的老調。我們都知道，資產階級文藝理論家的拿手好戲，一向是挑起了「客觀的」「超然於政治」的幌子，而櫃中販賣的，卻是資產階級的世界觀，卻是資本主義制度是永恆的、個人主義是神聖的等等反動思想，完全為資產階級政治服務。在兒童文學理論上，他們的花招更巧妙、更能迷人。這花招是怎樣的呢？這就是從兒童心理學搬過一些資本來，宣傳兒童文學作品要服從於兒童本位、兒童情趣、兒童觀點等等。事實上，隱藏在這儼然「客觀」的花招之後的，還是資產階級那批私貨。特別能使人眼花繚亂的，還有這樣一些情況：資產階級的少年兒童文學作品中還夾雜着大批以民間傳說和民間故事、寓言等等為基礎而改寫的作品，這些作品有一部分還保留着原作所有的人民性（即不為資產階級政治服務的），而思想進步的兒童文學大師如安徒生還在他的創作中表現了批判資產階級社會現實的精神；這些情況都掩蔽了資產階級兒童文學理論為資產階級政治服務的本質。陳伯吹的錯誤，就在於沒有分析這些複雜的情況，只按照表面價值接受了「兒童本位」「兒童情趣」等等理論，認為資產階級少年兒童文學中那些到今天還有積極意義的東西是在「兒童本位」「兒童情趣」等等理論指導之下產生的，因而誤以為這些論點有科學根據，可以原封不動搬到我們這裏來，因而造成了他的自相矛盾：一方面他也承認我們的少年兒童文學要為無產階級政治服務——這個抽象的宗旨，另一方面他又用「兒童本位」「兒童情趣」的論點來否定少年兒童文學作家在創作實踐或創作的具體問題（例如關於題材）上真正為無產階級政治服務。結果，不可避免地他成為資產階級兒童文藝理論的俘虜。

茅盾認為「兒童智力發展的階段論是一回事，兒童之超階級論卻又是一回事」。兒童由於年齡關係而產生的智力上的差別，是「自然法則」；兒童文學作家不能忽視這種「自然法則」，否則不利於兒童智力的健全發展 [76]。茅盾反對兒童超階級論，可是卻接受了兒童智力發展的階段論。他說 [77]：

我們要反對資產階級兒童文學理論家的虛偽的（因為他

們自己也根本不相信）兒童超階級論，可是我們也應當吸收他們的工作經驗，——按照兒童、少年的智力發展的不同階段，該餵奶的時候就餵奶，該搭點細糧時就搭點細糧，而不能不管三七二十一，一開頭就硬塞高梁餅子。

茅盾又說兒童文學作家必須「了解兒童、少年心理活動的特點」，也不是採取兒童立場 [78]：

……這句話，同資產階級兒童文學理論家所嘖嘖稱道的「作家必須自己也變成孩子」，也完全是兩回事。「作家必須自己也變成孩子」這句話不但意義模糊，而且從這句話引伸出來的終點將必然是「為兒童而兒童」，即所謂「兒童立場」，肯定兒童立場即是否定階級立場，因為沒有抽象的兒童，因而這句話是荒謬的；肯定「兒童立場」，那就是實質上放棄了兒童文學要為無產階級政治服務的任務。但是，了解不同年齡的兒童、少年的心理活動的特點，卻是必要的；而所以要了解他們的特點，就為的是要找出最適合於不同年齡兒童、少年的不同的表現方式。在這裏，題材不成問題，主要是看你用的是怎樣的表現方式。你心目中的小讀者是學齡前兒童呢，還是低年級兒童，還是十三、四歲的少年，你就得考慮，怎樣的表現方式最有效，最有吸引力；同時，而且當然，你就得在你們的作品中盡量使用你的小讀者們會感到親切、生動、富於形象性的語言，而努力避免那些乾巴巴的，有點像某些報告中所用的語言。

1979 年 12 月，茅盾在《少兒文學的春天到來了！》一文中說到 1960 年前後出版的少年兒童文學作品時說 [79]：

一九六零年前後的少年兒童讀物最普遍的題材是少先隊員支援工、農業和先進生產者的故事，其次為革命歷史題材。這些題材當然是重要的，問題是這些作品政治性強而文采不足，故事中的主角雖說是八、九歲，最多十一、二歲，但思想、感情、動作，宛然是個小幹部。當時的少年兒童文學作品，絕大部分可以用五句話來概括：政治掛了帥，藝術脫了班，故事公式化，人物概念化，文字乾巴巴。

這現象是否正如茅盾自己所說的「反童心論的副作用」呢 [80]？1979 年 3 月茅盾在一次「兒童文學創作學習會」上，批評 1949 年以後的兒童文學作品，並提出應該重新評價「童心論」[81]：

我以為繁榮兒童文學之道，首先還是解放思想，這才能使兒童文學園地來個百花齊放。

關於兒童文學的理論建設也要來個百家爭鳴。過去對於「童心論」的批評也該以爭鳴的方法進一步深入探索。要看看資產階級學者的兒童心理學是否還有合理的核心，不要一棍子打倒。

至此，「童心論」又可以再提了。陳伯吹在《論「童心論」》一文中更為他的「童心」辯白說 [83]：

很顯然，我那寫得簡單，又不完善，也不深透的這一小段話 [82]，其前提無非是重視兒童文學作品本身所具有的特點，要求編輯同志心中有兒童；盡量了解他們的心理狀態，他們的身體成長，他們的思想感情和興趣愛好，從而有可能，也有保證在大量的稿件中，選用眞正為兒童喜見樂聞的作品。但絕沒有要求編輯同志在任何時間裏，任何工作上，都以「童心」為主，一以貫之地以此去思考問題，處理業務，甚至在政治生活，文化生活以及日常生活中，聽憑「童心」主宰一切。這完全看得出來，我絲毫也沒有這樣的意圖。

簡單些說，我主觀上只是認為作為擔員起兒童文學這一特定工作的編輯同志，能以具有思想感情的「童心」，作用於編輯工作上，才有可能比較深刻的理解，正確的選擇，為廣大的小讀者們提供良好的精神糧食。這些話中的「童心」，不是目的，只是手段，從屬於方法的範疇，不屬於原則論的領域，不能把方法當作原理原則來批。

其實陳伯吹的兒童文學觀是深受魯迅影響的。他年青的時候喜歡讀魯迅的雜文，郭沫若的小說，以及劉大白、聞一多、徐志摩的詩，受到他們的影響，因此也寫過愛情小說和愛情詩 [84]。鄭振鐸更鼓勵他從事兒童文學創作 [85]。陳伯吹雖然對魯迅仰慕已久，可是直到 1936 年早春，才有機會見面，並且和魯迅談論兒童文學的問題。陳伯吹回憶當時的情形說 [86]：

他老人家在評價兒童文學作品時，不僅重視作品對兒童的教養，也還注意到文藝為政治服務的作用，當時的「科學救國」論實在是救不了國的。

陳伯吹在為他的童心辯護時，也引魯迅為同道。他說 [87]：

偉大的革命家、思想家、文學家的魯迅先生，他老人家就在《愛羅先珂童話集・序》中這樣寫道：「……而我所展開他來的是童心的，美的，然而有其真實性的夢。……但是我願意作者不要出離童心的美夢，而且還要招呼人們進向這夢中，看完了眞實的虹，我們不至於是夢遊者。」

魯迅先生並不諱言詩人、作家有「童心」，而且讚美着要有童心，並且還要招呼人們能進向童心的夢。不知道這些話（其涵義深遠，豈僅童心已焉）算不算「童心論」？也不知道有沒有人敢於祭起這頂帽子？

這位可敬愛的當年中國的文壇主將，在翻譯完了那位盲詩人的《狹的籠》以後，在《附記》中，進一步地這樣寫着：「我掩卷之後，深感謝人類中有這樣的不失赤子之心的人與著作。」

不知道有沒有人會說：「這是在宣揚『童心論』了！」……

凡一個人，即使到了中年以至暮年，倘一和孩子接近，便會踏進久經忘卻了的孩子世界的邊疆去，想到月亮怎麼跟着人走，星星究竟是怎麼嵌在天空中。但孩子在他的世界裏，是好像魚之在水，游泳自如，忘其所以的，成人卻有如人的鳧水一樣，雖然也覺到水的柔滑和清涼，不過總不免吃力，為難，非上陸不可了。

看來魯迅與高爾基東西方兩位大文豪，他們在這個問題上，有着不約而同的共同語言吧。不知道有沒有人為了他們都懷有「童心」而擔憂他們倒退，沒有階級感情和無產階級政治了，因此急不及待地大聲疾呼「批判資產階級思想的『童心論』」了？

陳伯吹又指出魯迅是一位富有童心的作家，因此才能寫出合乎兒童心理的文字。魯迅一再強調為兒童寫作的作家必須有一顆童心 [88]：

> 孩子是可以敬服的，他常常想到星月以上的境界，想到地面下的情形，想到花卉的用處，想到昆蟲的語言；他想飛上天空，他想潛入蟻穴……
>
> 不懷有童心的作家，能這樣「入木三分」地道出兒童的心曲來嗎？
>
> 應該萬分欽敬，這位為了革命文化事業而在戰線上正處於「夾攻」「圍剿」中的大作家，在不斷地擲出匕首，投槍的激烈緊張的戰鬥中，不但不忘懷孩子，而且理解孩子的心理如此細微深入。所以，是不是可以老老實實，坦坦白白地這樣說，不是眞正熱愛孩子的作家是不會懷着童心的。沒有童心或者不關心童心的作家，是會影響着他寫出精彩的作品來的吧。當然，創作兒童文學作品更其如此。

兒童文學是為兒童而創作的文學，和成人文學有所區別。忽視了兒童文學的特點，只能寫出成人本位的兒童文學。陳伯吹主張兒童文學作家必須懷有童心，了解兒童文學的特點，為兒童創作他們喜愛的作品，實即魯迅所提出來的兒童本位兒童文學觀。魯迅在 1918 年呼籲「救救孩子」，並於 1919 年提出「以幼者為本位」的教育觀，從此中國兒童文學才逐步從成人本位轉到兒童本位。同時代的作家如郭沫若、鄭振鐸、茅盾及陳伯吹等都深受其影響。在中國現代兒童文學的發展過程中，各有貢獻，也影響了後來的兒童文學作家。

註：

[1] 〈狂人日記〉，《吶喊》，《魯迅全集（1973）》卷 1，頁 291。

[2] 顧明遠等著：《魯迅的教育思想和實踐》，北京：人民教育出版社，1981，頁 82。

[3] 〈隨感錄二十五〉，《熱風》，《魯迅全集（1973）》卷 2，頁 15。

[4] 同上，頁 15–16。

[5] 〈隨感錄四十〉，《熱風》，《魯迅全集（1973）》卷 2，頁 41–42。

[6] 〈我們現在怎樣做父親〉，《墳》，《魯迅全集（1973）》卷 1，頁 117。原發表於 1919 年 11 月 1 日，《新青年》第 6 卷第 6 號。

[7] 同上，頁 118。

[8] 同上，頁 119。

[9] 同上，頁 120。

[10] 同上，頁 124–125。

[11] 〈隨感錄五十七：現在的屠殺者〉，《熱風》，《魯迅全集（1973）》卷 2，頁 70。

[12] 韋葦編著：《世界兒童文學史概述》，杭州：浙江少年兒童出版社，頁 9–10。

[13] 〈書信〉，《魯迅全集（1982）》卷 13，頁 325。

[14] 《回憶魯迅資料輯錄》，頁 55。

[15] 《魯迅的教育思想和實踐》，頁 21。

[16] 《回憶魯迅資料輯錄》，頁 56。

[17] 上海魯迅紀念館編：《魯迅著譯繫年目錄》，上海：上海文藝出版社，1981，頁 24。

[18] 《魯迅的教育思想和實踐》，頁 208。

[19] 〈新秋雜識〉，《准風月談》，《魯迅全集（1973）》卷 5，頁 315。

[20] 同上。

[21] 〈上海的兒童〉，《南腔北調》，《魯迅全集（1973）》卷 5，頁 161。

[22] 同上。

[23] 〈二十四孝圖〉，《朝花夕拾》，《魯迅全集（1973）》卷 2，頁 360。

[24] 同上，頁 361–362。

[25] 〈譯者的話〉，《錶》，《魯迅全集（1973）》卷 14，頁 298。

[26] 〈看圖識字〉，《且介亭雜文》，《魯迅全集（1973）》卷 6，頁 42–43。

[27] 同上，頁 41。

[28] 同上，頁 43。

[29] 《人生識字胡塗始》，《且介亭雜文二集》，《魯迅全集（1973）》卷 6，頁 294。

[30] 同上，頁 296。

[31] 〈我怎麼做起小說來〉，《南腔北調》，《魯迅全集（1973）》卷 5，頁 108。

[32] 〈譯者的話〉，《錶》，頁 298。

[33] 〈書信〉，《魯迅全集（1982）》卷 13，頁 1。

[34] 〈我們現在怎樣做父親〉，《墳》，《魯迅全集（1973）》卷 1，頁 125。

[35] 〈譯者的話〉，《錶》，頁 297。魯迅引用槙本楠郎的日譯本《金時計》上的一篇譯者序言裏面的內容，認為日本兒童讀物的情況，也可供中國參考。

[36] 同上。

[37] 〈二十四孝圖〉卷 2，《朝花夕拾》，頁 363–367。

[38] 〈譯者的話〉，《錶》，頁 298。

[39] 〈勇敢的約翰〉校後記，《集外集拾遺補編》，《魯迅全集（1982）》卷 8，頁 315。

[40] 引言，《小約翰》，《魯迅全集（1973）》卷 14，頁 7。

[41] 同上，頁 10。

[42] 同上，頁 12。

[43] 序言，《小彼得》，《魯迅全集（1973）》卷 14，頁 238。

[44] 〈讀書雜談〉，《而已集》，《魯迅全集（1973）》卷 3，頁 426。

[45] 〈通訊〉，《華蓋集》，《魯迅全集（1973）》卷 3，頁 31–32。

[46] 〈書信〉，《魯迅全集（1982）》，卷 13，頁 134。

[47] 〈連環圖畫辯護〉，《南腔北調》，《魯迅全集（1973）》，卷 5，頁 41。

[48] 〈看圖識字〉，《且介亭雜文》，《魯迅全集（1973）》，卷 6，頁 42。

[49] 同上。

[50] 同上。

[51] 同上，頁 43。

[52] 〈後記（1927 年 7 月 11 日）〉，《朝花夕拾》，《魯迅全集（1973）》，卷 2，頁 434–435。

[53] 〈上海文藝之一瞥〉，《二心集》，《魯迅全集（1973）》，卷 4，頁 278–279。

[54] 鄧牛頓、匡壽祥編：《郭老與兒童文學》，鄭州：河南人民出版社，1980，頁 39–40。

[55] 同上 ，頁 140。

[56] 同上 ，頁 141。

[57] 同上，頁 200。

[58] 同上，頁 201。

[59] 同上，頁 5。

[60] 彭斯遠：《兒童文學散論》，重慶：重慶出版社 1985，頁 56。

[61] 《鄭振鐸和兒童文學》，頁 61–63。

[62] 同上，頁 62。

[63] 同上，頁 63。

[64] 同上，頁 4。

[65] 周邦道在《兒童的文學之研究》一文中譯作麥克林托克，周作人在《兒童的文學》一文中譯作麥克．林東。在此分別採用原作者使用的譯名。

[66] 〈第三卷的本志〉，《鄭振鐸和兒童文學》，頁 103。

[67] 同上，頁 555。

[68] 同上，頁 572。

[69] 同上，頁 576。

[70] 陳伯吹：《兒童文學簡論》（第一版），武漢：長江文藝出版社，1959 年，頁 5。〈談兒童文學工作中的幾個問題〉原載於《兒童文學研究》1958 年 2 月。

[71] 同上，頁 20–21。〈談兒童文學創作上的幾個問題〉原載於《文藝月報》1956 年第 6 期。

[72] 同上，頁 22。

[73] 《我和兒童文學》，上海：少年兒童出版社，1980，頁 25。

[74] 同上，頁 33。

[75] 孔海珠編：《茅盾和兒童文學》，上海：少年兒童出版社，1984，頁 493。

[76] 同上，頁 494。

[77] 同上，頁 495。

[78] 同上。

[79] 同上，頁 505。

[80] 同上，頁 484。

[81] 同上，頁 500–501。

[82] 陳伯吹：《兒童文學簡論》（第二版），武漢：長江文藝出版社，1982，頁 79–80。

[83] 見本章註 70。

[84]《我和兒童文學》，頁 28–29。

[85] 同上，頁 30。

[86] 同上，頁 34。

[87]《兒童文學簡論》（第二版），頁 89–91。

[88] 同上，頁 91。

◇

第五章　魯迅與科學小說

一 科學小說與兒童文學

英、美兒童文學有「科學小說」（science fiction；簡稱 SF）這一類別的作品。在國際上一般也採用這個名稱。科學小說是屬於現代童話（modern fantasy）中的一類 [1]。

Fantasy 一詞，本義為幻想。但應用在兒童文學裏，則是指小說類的作品。內容包含有超自然和非現實的元素。十分類似傳統的神仙故事（fairy tale）[2]。本書把 modern fantasy 和 traditional fairy tale 分別稱為「現代童話」和「古典童話」。科學小說帶有濃厚的幻想成分，因此稱其為「科幻小說」也無不可。二十世紀初，中國開始從外國引進這類作品時，是用「科學小說」這一名稱的。五十年代初改稱為「科學幻想小說」[3]。「幻想」二字，是依其特點加上的 [4]。至於「科學小說」應當入兒童文學中之哪一類，學者間的意見並不一致。吳鼎在談到兒童文學的分類時，把「科學小說」歸入「故事」類中，而非「小說」類 [5]。許義宗則把「科學故事」歸入「寫實故事」中 [6]。他把「兒童小說」分為六種，其中一種是「科學幻想小說」，但並沒有詳加討論 [7]。另外，有些學者把「科幻小說」放在「科學文藝」這一大類裏面。「科學文藝」包括的文學形式很廣，除了小說外，還有童話、寓言、故事、小品、詩歌、謎語、相聲、傳記等等，內容包括數學、物理、化學、生物、天文、地理等各種科學知識 [8]。

科學小說是歐洲工業革命之後的產品。它反映了科技對人類想像的衝擊和影響。瑪麗・雪萊（Mary Shelley, 1797-1851）是寫作科學小說的先行者。她所著的《弗蘭肯斯坦》（*Frankenstein*）於 1818 年出版，被公認為世界上第一部科學小說 [9]。到了 1860 年代，法國人儒勒・凡爾納（Jules Verne, 1828-1905）寫了一系列膾炙人口的科學歷險小說後，科學小說才卓然成為文學中的一種獨特體裁。

凡爾納式的冒險故事，成為 1890 年代英國報業巨子哈姆斯沃斯（Alfred Harmsworth, 1865-1922）那些專為男童出版的週刊的一大特色 [10]。神奇的發明故事和星球間的戰爭常見於當時深受兒童歡迎的刊物，如《男童雜誌》（*Boy's Magazine*），《英國旗報》（*Union Jack*），《男童之友》（*Boy's Friend*）及《男童先驅報》（*Boy's Herald*）

等 [11]。1895 年英人威爾斯（Herbert George Wells, 1866-1946）寫成了《時間機器》（*The Time Machine*），對於二十世紀初出版的男童雜誌也有很大的影響。二十世紀後半期，專為兒童寫作科學小說的名家相繼出現，其中主要的有美國的羅拔特·海因萊因（Robert Heinlein, 1907-1988），安德烈·諾頓（Andre Norton, 1912-2005）和瑪德琳·利恩格爾（Madeleine L'Engle, 1918-2007）；英國的唐納德·薩德比（Donald Suddaby, 1900-1964）和約翰·克里斯托弗（John Christopher, 1922-2012）和加拿大的蒙妮加·休斯（Monica Hughes, 1925-2003）。「現代童話」一類兒童文學作品，其實也可以算是科學小說 [12]。

二 中國的科學小說

中國兒童文學中的科學文藝，為時並不很長。但是，把科學和文學結合起來的文學作品，很早便在古代的文獻中出現了。

葉永烈在《漫談科學文藝》一文中說 [13]：

在古代，很多文學作品包含豐富的科學知識，一些科學著作具有濃烈的文學色彩。這是科學文藝創作的萌芽階段。例如，《詩經》中記載了許多關於動、植物的知識，而屈原的《天問》則提出了一系列關於科學的問題。……在公元二世紀，漢朝魏伯陽所著《周易參同契》，是一本關於煉丹的科學專著，全文都用詩的形式寫作，四字或五字一句，隔句押韻。著名的《徐霞客遊記》，李時珍的《本草綱目》，沈括的《夢溪筆談》，都是科學著作，但文辭優美，某些段落可稱得上是一篇好的散文。

他在《論科學文藝》中又說 [14]：

……「嫦娥奔月」「龍宮探寶」「千里眼」「順風耳」之類膾炙人口的神話故事，無不帶有濃厚的科學幻想色彩。

葉永烈的論點顯然是受到蘇聯科學文藝作家伊林（M. Ilin, 1896-1953）的影響。伊林認為「科學和文學是同時起跑的」。……他把科學文藝的起源一直追溯到遙遠的古代，認為早在公元前 12 世紀 – 公元前 8 世紀的荷馬史詩《伊里亞特》和《奧德賽》中，就可以看到古希臘荷馬時代的全部科學情況，甚至可以「根據《奧德賽》繪製出氣象圖，並測出足以驅散希臘船隻的颱風的級數。」[15]

雖然中國在古代已經有不少科學和文學相結合的作品，但是中國科學文藝的發展都是從晚清翻譯外國科學小說開始的，而魯迅正是當時積極提倡科學文藝的先行者。

胡從經在《晚清兒童文學鈎沉》中說 [16]：

> 鴉片戰爭以後，一些留心時務的知識分子開始注意西方科學，陸續翻譯天文、算學及聲、光、化、電方面的書籍，介紹西方先進科學知識。作為「啟迪民智」的手段之一，西方的「科學小說」也開始絡繹引進。

「科學小說」這種在十八世紀末十九世紀初崛起的獨特文學形式，在歐美深受成人和少年兒童歡迎。「科學小說」被譯介到晚清的中國來，是有其「啟迪民智」的特殊任務的，「而其主要讀者對象，大都是胸懷救國之志的國時，就以兒童文學的一種形式出現，雖然「兒童文學」一詞，當時還未有人用。

胡從經引海天獨嘯子所譯述的科學小說《空中飛艇》的《弁言》作為例證 [18]：

……我國今日，輸入西歐之學潮，新書新籍，翻譯印刷者，汗牛充棟，苟欲其事半功倍，全國普及乎，請自科學小說始。

海天獨嘯子並且鼓吹要發揮科學小說的成功，使其成為「社會主動力，雖三尺童子，心目中皆濡染之。」[19]

胡從經未能考定何種刊物最先披載「科學小說」，但他推舉梁啟超所編的《新小說》為開山。其創刊號於 1902 年出版，闢有「科學小說」的欄目，譯載了英國肖魯士原著的《海底旅行》[20]。《新小說》以「泰西最新科學小說」為總欄，連載於該刊一卷一期至二卷六期 [21]。從胡從經所引錄的回目所看，《海底旅行》其實即是法國人儒勒．凡爾納所著的《海底兩萬里》，譯者誤把凡爾納當作英國人肖魯士 [22]。

「科學小說」一詞，中國早在 1902 年便見於《新小說》，至於英文 science fiction 又是甚麼時候開始出現的呢？加拿大學者舒娜・伊哥夫（Sheila Egoff, 1918-2005）認為「科學小說」的由來歸功於雨果・格斯伯克（Hugo Gernsback, 1884-1967）[23]。格斯伯克於 1908 年創辦了第一本無線電雜誌，後來在他出版的其他刊物中，例如《科學與發明》（*Science and Invention*）加入了 scientifiction 這個名詞，不久簡化為 science fiction [24]。

根據伊哥夫所說，則中文「科學小說」一詞，比英文 science fiction 較早出現。但從字面看來，則應是從英文翻譯過來的。

晚清吳趼人和周桂笙主持的《月月小說》也有譯介科學小說。周桂笙尤其熱衷。他的譯作《飛訪木星》，標明「科學小說」，刊於 1907 年（光緒丁未年）1 月的《月月小說》一卷五期。在此以前，他已翻譯了《地心旅行》[25]。此即凡爾納的《地底旅行》，魯迅於 1903 年譯成，最初用索士的筆名發表於《浙江潮》。

根據胡從經的考據，當時「科學小說」十分風行，翻譯作品除了凡爾納的十餘種之外，尚有以下各種 [26]：

書名	國別	原著者	譯者	出版社	出版年份
星球遊行記	日	井上圓了	戴贊	彪蒙譯書局	1903
夢遊二十一世紀	荷	達愛斯克洛提斯	楊德森	商務	1903
空中飛艇(二冊)	日	押川春浪	海天獨嘯子	明權社	1903
千年後之世界	日	押川春浪	天笑	羣學社	1904
電術奇談	日	菊池幽芳	方慶周	新小說社	1905
祕密電光艇	日	押川春浪	金石	商務	1906
海底漫遊記	英	露亞尼	海外山人	新小說社	1906
飛行記	英	肖爾斯勃內	謝炘	小說林社	1907
新飛艇		尾楷忒 星期報社編		商務	1907
幻想翼	美	愛克乃斯格平		商務	1908

科學小說風行於晚清，一方面是因為受到全世界的「凡爾納熱」的影響，另一方面是因為可以利用這種獨特的文學體裁，向國人介紹科學知識。

科學小說並非兒童文學所專有的一種文學形式，最初出現時也並非專為兒童而創作，但因為內容充滿幻想新奇，最能滿足兒童的好奇心和求知慾，因此特別為少年兒童所喜愛，也就自然成為兒童文學的一個獨立類別了。科學小說最初譯介到中國來時，主要的讀者對象是青少年兒童，就是因為譯者希望藉科學小說來介紹西方的科學知識，以求達到科學救國的理想。

三 魯迅所譯的科學小說

魯迅一生的譯作不少。他原本只想藉翻譯來介紹外國文學作品，而不是想自己創作。他曾經這麼說過 [27]：

> 但也不是自己想創作，注重的倒是在紹介，在翻譯，而尤其注重於短篇，特別是被壓迫的民族中的作者的作品。

但是後來他卻做起小說來了。他說 [28]：

> 此後如要創作，第一須觀察，第二是要看別人的作品，但不可專看一個人的作品，以防被他束縛住，必須博採眾家，取其所長，這才後來能夠獨立。我所取法的，大抵是外國的作家。

為了要取法外國作家，並且「博採眾家」，便不得不大量閱讀和翻譯外國作家的作品了。早在 1903 年在日本求學時，魯迅便已開始翻譯介紹外國文學作品。他在《〈域外小說集〉序》中便很清楚地說明翻譯的目的 [29]：

我們在日本留學時候，有一種茫漠的希望；以為文藝可以轉移性情，改造社會的。因為這意見，便自然而然的想到介紹外國文學這一件事。

魯迅正式開始他一生的文學活動，是在 1902 年負笈日本以後。1902 年以前，魯迅寫過幾篇短小的詩文，均屬習作性質，當時未正式發表，1903 年始在留學生創辦的《浙江潮》月刊發表著譯 [30]。

1903 年 6 月魯迅翻譯了法國雨果的隨筆《哀塵》，刊於《浙江潮》第五期。接着 10 月翻譯發表了法國凡爾納的科學小說《月界旅行》，由東京進化社出版；緊接着 12 月又譯出了凡爾納的另一部科學小說《地底旅行》，發表在《浙江潮》第十期 [31]。

圖 4　魯迅翻譯的科學小說《月界旅行》（東京：進化社，中國教育普及社譯印，1903 年 10 月）《地底旅行》（南京：啟新書局，1906 年 3 月）書影。

魯迅為甚麼一開始就選擇翻譯了有「科學小說之父」之稱的凡爾納的兩部名著？那是因為青年時期的魯迅（22歲），相信科學可以救國。他在《〈月界旅行〉辨言》中說 [32]：

> 破遺傳之迷信，改良思想，補助文明，……導中國人羣以進行，必自科學小說始。

魯迅翻譯和改作這些作品，目的是借小說這一文學形式，達到科學啟蒙和改造國民性的目的。

魯迅在日本弘文學院讀書時，便着力介紹進步的科學思想和科學知識。他寫作的《中國地質略論》《說鈤》和翻譯的科學小說《月界旅行》《地底旅行》《北極探險記》，以及與顧琅合編的《中國礦產志》，都志在救國 [33]。

魯迅是在 1902 年 4 月初進東京弘文學院的 [34]。1904 年夏畢業後，他決定學醫 [35]。在《吶喊》的《自序》中，魯迅憶述他年青時學醫的原因 [36]：

> 我有四年多，曾經常常，—— 幾乎是每天，出入於質鋪和藥店裏，年紀可是忘卻了，總之是藥店的櫃枱正和我一樣高，質鋪的是比我高一倍，我從一倍高的櫃枱外送上衣服或

首飾去，在侮蔑裏接了錢，再到一樣高的櫃枱上給我久病的父親去買藥。回家之後，又須忙別的事了，因為開方的醫生是最有名的，以此所用的藥引也奇特：冬天的蘆根，經霜三年的甘蔗，蟋蟀要原對的，結子的平地木，多不是容易辦到的東西。然而我的父親終於日重一日的亡故了。

……終於到N去進了K學堂了，在這學堂裏，我才知道世上還有所謂格致、算學、地理、歷史、繪圖和體操。生理學並不教，但我們卻看到些木版的《全體新論》和《化學衞生論》之類了。我還記得先前的醫生的議論和方藥，和現在所知道的比較起來，便漸漸的悟得中醫不過是一種有意的或無意的騙子，同時又很起了對於被騙的病人和他的家族的同情；而且從譯出的歷史上，又知道了日本維新是大半發端於西方醫學的事實。

因為這些幼稚的知識，後來便使我的學籍列在日本一個鄉間的醫學專門學校裏了。我的夢很美滿，豫備卒業回來，救治像我父親似的被誤的病人的疾苦，戰爭時便去當軍醫，一面又促進了國人對於維新的信仰。

1904年9月10日，魯迅進了仙台醫學專門學校。在習醫期間，魯迅思想又起了變化。他開始懷疑科學是否真能救國了。

在仙台醫專第二年，發生了一件直接促使魯迅棄醫從文的事。他回憶當時的情形說 [37]：

……那時是用了電影，來顯示微生物的形狀的，因此有時講義的一段落已完，而時間還沒有到，教師便映些風景或時事的畫片給學生看，以用去這多餘的光陰。其時正當日俄戰爭的時候，關於戰爭的畫片自然也就比較的多了，我在這一個講堂中，便須常常隨喜我那同學們的拍手和喝采。有一回，我竟在畫片上忽然會見我久違的許多中國人了，一個綁在中間，許多站在左右，一樣是強壯的體格，而顯出麻木的神情。據解說，那綁着的，是替俄國做了軍事上的偵探，正要被日軍砍下頭顱來示眾，而圍着的便是來賞鑒這示眾的盛舉的人們。

這一學年沒有完畢，我已經到了東京了，因為從那一回以後，我便覺得醫學並非一件緊要事，凡是愚弱的國民，即使體格如何健全，如何茁壯，也只能做毫無意義的示眾的材料和看客，病死多少是不必以為不幸的。所以我們的第一要着，是在改變他們的精神，而善於改變精神的是，我那時以為當然要推文藝，於是想提倡文藝運動了。

1906 年 7 月，魯迅中止學醫，離仙台回東京，專門從事新文藝運動 [38]。

魯迅棄醫從文後，他的譯著便不大以科學為重了。雖然他一直都提倡普及科學，但早年選擇了學醫，並且翻譯凡爾納的科學小說，主要原因是基於「科學救國」的思想。

魯迅翻譯科學小說的另一個原因是因為他本身學科學，喜歡科學。他在 1935 年 5 月 15 日致楊霽雲的書簡中寫道：「我因為向學科學，所以喜歡科學小說。」[39]

關於魯迅學科學的經過，他的弟弟周建人（即喬峯）在《魯迅先生和自然科學》一文中有以下的記載 [40]：

> 魯迅先生年青的時候是學習自然科學的。民國前十三年，這時候他十九歲，考進南京陸師學堂附設的礦路學堂裏學開礦，學習的功課是礦物學，化學及其他和開礦有關的科學。畢業以後，到了日本，民國前九年於一種定期刊物叫做《浙江潮》(第八期)，寫一篇文章，題目叫做《說鈤》，現在叫做鐳，是講它的發現史及性質的，可見他對於無生物學還有興趣。
>
> 第二年，他進了仙台醫學專門學校，從此所學習的功課，從無生物學轉移到生物學的領域。近代醫學大部分是以生物學作基礎的。雖然學醫的時候並不久長，並且以後又改學了文藝，從事文學方面的工作了，但魯迅先生並不離開科

學。民國前三年回國後他便在杭州兩級師範學校擔任教生理學及化學，自己研究植物學。第二年，任紹興中學的學監（今稱教務長），兼教生理學等教課，自己繼續研究植物學。

魯迅自幼便對科學有興趣。他十分喜歡植物，並且親自栽種，大都是普通的花草。「花草每年收子，用紙包成方包，寫上名稱，藏起來，明年再種。並且分類，定名稱，拿《花鏡》《廣羣芳譜》等作參考，查考新得來的花草是甚麼植物。[41]」因為喜歡花草，便產生了對研究植物學的興趣，而且還把植物採來，親手製作標本。

魯迅接受過科學的訓練，本身對文學又有興趣，因此為科學小說這種科學與文學相結合的獨特文學種類所吸引，是很自然的事。他後來回憶早年的文學生活時，曾這樣說：

我們曾在梁啟超所辦的《時務報》上看見了《福爾摩斯包探案》的變幻，又在《新小說》上看見了焦士威奴（即儒勒・凡爾納當時的譯名，下同）所做的號稱科學小說的《海底旅行》之類的新奇。[42]

胡從經認為「正因為科學小說的『新奇』，誘導和吸引一代少年去探幽覓隱，攀登科學之峯巒。」[43]

《新小說》創刊號於光緒二十八年（1902 年）十月出版 [44]，而魯迅已於當年四月初到了日本，就讀於東京弘文學院了。次年（1903 年）的十月及十二月，魯迅便譯出了凡爾納的另外兩部科學小說《月界旅行》和《地底旅行》了，反應不可謂不快。

科學小說最初譯介到中國來時，仍未有「兒童文學」這個名稱。「兒童文學」一詞，始於「五四」時代。最早一篇以「兒童文學」為題的文章，刊載於《新青年》第八卷第四號，那是周作人在 1902 年 10 月 26 日在北京孔德學校的演講，題目是《兒童的文學》。

魯迅則因為科學小說所吸引，進而譯介，完全是基於「科學救國」的信念，而不是想把科學小說作為兒童文學的一種形式介紹給中國的青少年讀者。

四 魯迅翻譯《月界旅行》和《地底旅行》的經過

據胡從經的考證，魯迅並非第一位把凡爾納作品翻譯到中國來的人。胡氏說 [45]：

至於凡爾納的作品，現在所能見到的最早的中譯本是《八十日環遊記》，逸儒譯，秀玉筆記，經世文社發行，光緒庚子（1900 年）初版。書為線裝，分上下兩冊，鉛活字排，連史紙印。凡四卷，都三十七回，仿章回體，以文言敷衍之。前有壽彭序，其中談到譯書的緣起，以及關於本書的評述，中謂：「《八十日環遊記》一書，本法人朱力士（名）房（姓）（（Jules Verne 儒勒・凡爾納）所著，中括全球各海埠名目，而印度美利堅兩鐵路，尤精詳，舉凡山川風土，勝跡教門，莫不言之歷歷，且隱含天算，及駕駛法程等。著者自標，此書羅有專門學問字二萬，是則區區稗史，能具其大，非若尋常小說，僅作誨盜誨淫語也，故歐人盛稱之，演於梨園，收諸蒙學，允為雅俗共賞。」以上寥寥數言，可能是中國第一次關於凡爾納其人的介紹。

其中值得注意的是「收諸蒙學」一句，它顯示凡爾納的作品在歐美擁有兒童讀者，而且譯介到中國來時，青少年兒童也是讀者對象。

十九世紀末至二十世紀初葉，「凡爾納熱」吹到中國來。那是一個「崇奉科學，渴求知識」的年代 [46]。魯迅在翻譯《月界旅行》和《地底旅行》之前，已經在梁啟超所辦的《時務報》上讀過凡爾納的《海底旅行》，並為其「新奇」所吸引 [47]。因此 1903 年當他在日本東京弘文館唸書時，便從日文譯本轉譯了凡爾納這兩部膾炙人口的科學小說。

魯迅在《〈月界旅行〉辨言》中，對凡爾納及其作品，有以下的評述 [48]：

培倫者，名查理士，美國碩儒也。學術既覃，理想復富。默揣世界將來之進步，獨抒奇想，託之說部。經以科學，緯以人情。離合悲歡，談故涉險，均綜錯其中。間雜譏彈，亦復譚言微中。十九世紀時之說月界者，允以是為巨擘矣。然因比事屬詞，必洽學理，非徒摭山川動植，侈為詭辯者比。故當觥觥大談之際，或不免微露遁辭，人智有涯，天則甚奧，無如何也。至小說家積習，多借女性之魔力，以增讀者之美感，此書獨借三雄，自成組織，絕無一女子廁足其間，而仍光怪陸離，不感寂寞，尤為超俗。

魯迅把《月界旅行》的作者誤作美國人培倫，又把《地底旅行》的作者誤作英國人威男，三十年後，他在

《致楊霽雲》（1934 年 7 月 17 日）的信中有這樣的更正 [49]：

> 威男的原名，因手頭無書可查，已記不清楚，大約也許是 Jules Verne，他是法國的科學小說家，報上作英，係錯誤。梁任公的《新小說》中，有《海底旅行》，作者是焦士威奴，也是他。

由此可見，魯迅在翻譯《月界旅行》和《地底旅行》時，對凡爾納其人實在缺乏認識，他只是喜歡科學小說的「新奇」，為《月界旅行》及《地底旅行》的內容所吸引，於是從日譯本轉譯過來，並非為凡爾納的盛名而翻譯。

至於魯迅的翻譯風格，曾慶瑞說 [50]：

> 他搞翻譯，隨讀隨譯，速度驚人。開始，他的譯筆還受嚴復影響，後來一變而清新雄健，在當時的翻譯界已經獨樹一幟了。在受到章太炎的革命思想影響之後，他的譯筆更加激昂慷慨。其中，那些鼓吹革命的文字，讀了尤其使人驚心動魄。

魯迅採用的翻譯方法是改作，而不是直譯，他在 1934 年 5 月 15 日給楊霽雲的信中說：「我因為向學科學，所以喜歡科學小說，但年青時自作聰明，不肯直譯，回想起來真是悔之已晚。」[51] 接着在 7 月 17 日的信中，又這樣說：「但我的譯本，似未完，而且似乎是改作，不足存的。」[52]

魯迅晚年批判自己年青時翻譯科學小說採用改作的方法的不是，但孫昌熙等人卻有以下的看法 [53]：

> 作品噴吐着一股激昂慷慨，熱情澎湃的濃烈感情。……為了加強作品的感情濃度，魯迅不僅將滿腔激情滲透於原著固有的人物和情節的描述中，而且，給作品增添了不少原著未有的抒情文字，例如《地底旅行》第六回末亞籬士「危坐筏首，仰視晴昊」的激昂高歌。甚至，魯迅還不時離開人物和情節的描述，將自己不可遏止的強烈情感，在文中直吐而出。

魯迅從日文譯本轉譯《月界旅行》和《地底旅行》，採用的是章回體小說的體式，共十四回。香港科幻小說家杜漸在《魯迅與科幻小說》一文中說「是有他的獨到見解的，因章回體小說是當時中國流行的小說形式，羣眾喜見樂聞，在提倡科學文藝上是有啟迪作用的。」[54]

其實晚清的翻譯小說都是採用當時流行的章回體小

說形式，如林紓的翻譯小說便是。早在 1902 年，發表於梁啟超所編《新小說》裏面的《海底旅行》譯本便已採用章回體了 [55]。

梁啟超本人不但倡導為兒童著譯小說，而且親自從日本書重譯了凡爾納的科學小說《十五小豪傑》（法文原名《兩年間學校暑假》，日本森田思軒譯為《十五少年》）。梁啟超在緣起中申明譯述「純以中國說部體段代之」，即章回體。分全書為十八回，每回綴以回目。初署「少年中國之少年」筆名，連載於梁自己主編的《新民叢報》（自第二號至第二十四號，1902 年 2 月–1903 年 1 月），後由橫濱新民社活版部於光緒二十九年（1903 年）出版了單行本 [56]。

由此可見，採章回體小說形式，譯述改寫外國文學作品是當時的譯風。魯迅只是順應潮流而已。

至於這種翻譯方法，當時為了普及科學，啟迪民智，而迎合大眾讀者，本也未可厚非，但也並非魯迅的「獨到見解」，魯迅晚年便後悔自己「年青時自作聰明，不肯直譯。」

胡從經說梁啟超譯述《十五小豪傑》因為「慮及少年讀者的閱讀理解水平」，所以譯文採用了白話文，譯者曾自述道：「本書原擬依《水滸》《紅樓》等書體裁，純用俗話。」[57] 而魯迅在《〈月界旅行〉辨言》中說明為甚麼不純用俗語：「初擬譯以俗語，稍逸讀者之思索，然純用俗語，復嫌冗繁，因參用文言，以省篇頁。」[58] 理由並不充分呢！比較起來，梁啟超的譯文較易為兒童所理解，才算是兒童文學。所以，魯迅翻譯《月界旅行》和《地底旅行》時，並不以少年兒童為讀者對象。他當時對兒童或兒童文學並沒有表示特別的關注。遲至 1918 年才發表他的第一篇白話小說《狂人日記》時，才發出「救救孩子」的呼聲。

五 魯迅翻譯科學小說對中國兒童文學的影響

梁啟超和魯迅是最早把西方的科學小說譯介到中國來的人，但兩人的態度略有不同。梁啟超以少年兒童為主要讀者，而魯迅則提倡向一般大眾普及科學。希望通過科學小說來引起國人對科學的興趣。魯迅對後來的兒童文學工作者影響較大。

魯迅的主張見於《〈月界旅行〉辨言》中 [59]：

> 蓋臚陳科學，常人厭之，閱不終篇，輒欲睡去，強人所難，勢必然矣。唯假小說之能力，被優孟之衣冠，則雖析理譚玄，亦能浸淫腦筋，不生厭倦。彼纖兒俗子，《山海經》《三國志》諸書，未嘗夢見，而亦能津津然識長股、奇肱之域，道周郎，葛亮之名者，實《鏡花緣》及《三國演義》之賜也。故掇取學理，去莊而諧，使讀者觸目會心，不勞思索，則必能於不知不覺間，獲一斑之智識，破遺傳之迷信，改良思想，補助文明，勢力之偉，有如此者！我國說部，若言情談故，刺時志怪者，架棟汗牛，而獨於科學小說，乃如麟角。智識荒隘，此實一端。故苟欲彌今日譯界之缺點，導中國人羣以進行，必自科學小說始。

魯迅的這個主張對於後來譯介科學小說的人，如茅盾等也有所影響。彭斯遠在《兒童文學散論》中說 [60]：

> 1916 年，20 歲的茅盾翻譯了卡本脫的通俗科普讀物《衣》《食》《住》。爾後他又勇敢擔起了為青少年翻譯科學小說的任務。因為他當時受到魯迅「導中國人羣以進行，必自科學小說始」的思想啟示，覺悟到這一文學樣式有助於讀者「獲一斑之智識，破遺傳之迷信」（見魯迅《〈月界旅行〉辨言》）的社會功能，所以他用魯迅介紹儒勒·凡爾納的巨大熱情來勉勵自己，迅即譯寫了英國著名科普作家赫伯特·喬治·威爾斯（1866-1946）的科學小說《三百年後孵化之卵》。

接着於 1918 年初，茅盾又與其弟沈澤民合譯了美國人洛賽爾·彭特（Russell Bond）所著的科學小說《兩月中之建築譚》，刊載於《學生雜誌》第五卷 [61]。

像魯迅翻譯了《月界旅行》和《地底旅行》一樣，茅盾也採用意譯改寫的方法，而不採用嚴謹的直譯法。據茅盾自己解釋，這是因為當時商務印書館的編輯朱元善認為只要技術部分忠於原文便可，又為了加強文采，主張要用駢體 [62]。

此外，茅盾還在《學生雜誌》譯寫了科學小說《二十世紀後之南極》，又於 1920 年與沈澤民合譯科學小說《理工學生在校記》[63]。

早在 1935 年 2 月茅盾便發表了一篇《關於「兒童文學」》的文章，對中國兒童文學作品中缺少科學讀物的現象有所批評 [64]：

> 兒童讀物雖然由單純的「兒童文學」(小說、故事、詩歌、寓言) 擴充到「史地」，到「自然科學」，可是後二者的百分數是非常的少；並且「科學的兒童讀物」中間關於人體構造及其衛生的，關於衣食住的，關於近代機械的，關於現代生活的各方面的，尤其少到幾乎可說沒有。

直到晚年，茅盾仍然念念不忘向兒童介紹科學讀物 [65]：

> 介紹科學知識的兒童讀物也很重要，可是也最少……十分需要像法布爾的《昆蟲記》那樣的作品。關於動物 (例如益蟲、益鳥、害蟲、害鳥之類) 的兒童讀物也是一個廣闊天地，值得兒童文學工作者去探討；我相信兒童們也十分歡喜看這方面的書。

魯迅生前也十分推崇法國科學家讓·亨利·法布爾 (Jean Henri Fabre 1823-1915) 的《昆蟲記》。他認為給孩子看的科學知識讀物，不僅要深入淺出，而且還要饒有趣味，《昆蟲記》便是很好的一個例子。魯迅晚年身體有病時，還想翻譯《昆蟲記》，可惜他的願望沒有達到[66]。《昆蟲記》後來是由董純才翻譯的 [67]。

從譯介外國作品到創作自己的作品，中國現代兒童文學便是這樣發展起來的。在三十年代末四十年代初，有顧均正的《在北極底下》《和平的夢》和《倫敦奇疫》[68]。其中《和平的夢》曾受到英國威爾斯的影響。是中國第一本科幻作品專集 [69]。

科學小說譯介到中國來，已近一個世紀了。經梁啟超、魯迅、茅盾等人的倡導，中國的兒童科學讀物從翻譯改寫而自行創作。但作品的質與量都不能令人滿意。究其原因，似乎在於為兒童創作科學讀物是否一定要採取「文藝化」的手法。

目前，中國兒童文學界大力提倡科學文藝的創作，一致尊崇魯迅是倡導科學文藝的先驅者，把他在 1903 年發表的《〈月界旅行〉辨言》奉為圭臬，大家深信「唯假小說之能力，被優孟之衣冠，則雖析理譚玄，亦能浸淫腦筋，不生厭倦。」認為科學文藝的力量，可以促進現代化，就像魯迅所說的「導中國人羣以進行，必自科學小說始。」

蔣風在 1983 年出版的《魯迅論兒童讀物》裏對《〈月界旅行〉辨言》作了這樣的闡釋 [70]：

> 魯迅從他那時喚醒人民覺悟，推翻滿清反動統治的革命民主主義的立場出發，高度肯定了科學文藝的巨大作用，倡導運用文藝形式來傳播科學知識，破除反動統治階級的迷信宣傳。

彭斯遠在 1985 年出版的《兒童文學散論》裏也有以下的解說 [71]：

> 在這裏，魯迅首先從科學文藝背離文學手段的拙劣寫法入手，對那種以純知識傳授為目的的講義式的枯燥科普文章提出了批評，從而直接提出了科學與文藝應該結合的正確主張。在他看來，科普宣傳只有「假小說之能力」，才能令讀者特別是青少年「不生厭倦」。

科學文藝既當成是普及科學的最有力工具，因而難免忽略了以「非故事體」(nonfiction) 的形式來介紹科學及其他知識性的讀物。這一點，茅盾在《關於「兒童文學」》一文中曾這樣說 [72]：

在科學的機械的（mechanic）兒童讀物方面，我們應該避免枯燥的敘述和「非故事體」的形式。

他批評當時出版的兒童讀物說 [73]：

現在我們所有的「科學的兒童讀物」大半太不注意「文藝化」，敘述的文字太乾燥，甚至有「半文半白」，兒童讀了會被催眠。

葉永烈在《漫談科學文藝》一文裏也主張「故事化」[74]：

為甚麼科學文藝作品的主要讀者是少年兒童呢？這是因為少年兒童懂事不多，只有把科學知識溶化在有趣的故事、生動的語言、通俗的比喻、形象的描寫之中，他們才樂於接受。

科學讀物或知識性讀物（information books）應該用「非故事體」還是「故事體」的形式來介紹給兒童呢？西方學者較贊成前者。

在赫克（Charlotte S. Huck 1922-2005）和庫恩（Doris Y. Kuhn）合著的《小學校裏的兒童文學》（*Children's Literature in the Elementary School*）有這樣的看法 [75]：

Research has indicated that children want specific information. Straightforward presentation is the appropriate style for an informational book.

根據研究，兒童需要具體明確的知識。所以，知識性的讀物以直接了當的方式來寫為佳。

因此，他們不贊成以擬人法來寫作科學讀物 [76]：

Anthropomorphism is the assignment of human feelings and behaviour to animals, plants, or objects; it does not belong in the truly scientific book. In the book that purports to be an informational book, this seems to say to the child, "You really do not have the intelligence or interest to understand or accept straightforward information." ...

Talking animal stories have a place in the literature program as fantasy. However, a thinly disguised "story" designed to dispense information, has little value. Usually, such books include information that is available elsewhere or actually give misconceptions.

Many excellent animal fiction stories do convey information but the plot and the animal's behaviour and habitat is authentic.

擬人法就是把人類的感情和行為賦予動物、植物或其他物件，是不應用於眞正的科學讀物的。一本標明是知識性的書如採用擬人法來寫作，那無異於對孩子說：「以你現在的智力和興趣還不足以了解和接受直接的知識。」……

在文學課程裏，會説話的動物的故事也屬於童話一類。但是，以一個淺薄的所謂「故事」來傳授知識，實無甚價值。這一類故事書中所傳授的知識，如果不是別處已有的，便是錯誤的。

有些動物故事書確為傳授知識之佳作。這類故事情節自然，善於塑造人物，所描寫的動物的舉止行動和棲息地都較逼真。

由此看來，向兒童介紹科學知識，是不必採取「故事化」的手法的。否則不僅低估了他們接受知識的能力，而且不適當的「故事化」，還會對兒童產生誤導作用。

魯迅所謂「蓋臚陳科學，常人厭之，閱不終篇，輒欲睡去，強人所難，勢必然矣。」給人一個錯覺，以為所有關於科學的文字，一概枯燥無味，使人生厭。其實這是魯迅看到當時一般科學讀物的毛病，因而有此感慨。他自己喜愛科學，認為科學是饒有趣味的，如何把有趣味的科學透過有趣味的文字介紹給讀者，使他們也喜愛科學，便得注意寫作的技巧了。他年青時大力提倡科學小說，滿腔愛國熱情以為「導中國人羣以進行，必自科學小說始」。直到晚年才覺得應該給少年兒童辦一種通俗的科學雜誌，用淺顯有趣的文字介紹科學知識。又因為兒童喜歡發問各種與自然科學有關的問題，他還覺得應給他們講點「切實的知識」，但要避免「過於高深」[77]。他的這些論點在半個世紀以前兒童文學不發達的中國來說，是十分有遠見的。且看赫克和庫恩對於兒童科學讀物的見解是否和魯迅的相近 [78]：

Scientific writing does not have to be dry, dull or pedantic.

科學的著作並不都是乾巴巴，枯燥迂腐的。

他們又說 [79]：

Discovery is exciting, and informational books should engender interest and communicate this excitement of learning. The content ... may be the first factor that draws the reader's attention, but good writing style will maintain interest.

發現新事物總是令人興奮的。知識性讀物得先有趣味才能引起讀者學習的興致。…… 內容也許是吸引讀者的首要因素，但良好的寫作風格則能夠保持趣味性。

赫克和庫恩又引歐文·艾德勒（Irving Adler）《談兒

童科學讀物》（*On Writing Science Books for Children*）一文中的話說明給兒童寫作科學讀物的目的 [80]：

... to present scientific ideas so simple that they can be followed and understood by an unsophisticated reader.

……講解科學概念，得深入淺出，才能使一般讀者都能看懂和領會箇中道理。

魯迅說孩子需要「切實的知識」，這就是赫克和庫恩所說的 specific information。今天，中國正力求現代化。少年兒童比任何一個時代都更加需要「切實的知識」。「故事化」或「文藝化」的寫作手法並不一定能夠把「切實的知識」傳授給兒童讀者。因此，當前中國兒童文學界應該在「科學文藝化」以外，也採用「非故事體」的寫作科學讀物的方法。

註：

[1] 關於英、美兒童文學的分類，可參考薩瑟蘭等著的《兒童和圖書》(Sutherland, Zena and others. *Children and Books.*) 及赫克等著的《小學校裏的兒童文學》(Huck, Charlotte and others. *Children's Literature in the Elementary School.*)

[2] Carpenter, Humphrey & Prichard, *Oxford Companion to Children's Literature.* p. 181.

[3] 章道義等主編：《科普創作概論》，北京：北京大學出版社，1983，頁 172。

[4] 《兒童文學十八講》，西安：陝西少年兒童出版社，1984，頁 320。

[5] 吳鼎：《兒童文學研究》，頁 264, 286-289。

[6] 許義宗：《兒童文學論》，頁 23-24。

[7] 同上。

[8] 葉永烈：〈漫談科學文藝〉，見《文學知識廣播講座》，上海：上海廣播事業局，1979，頁 134-136。

[9] 《兒童文學十八講》，頁 320。

[10] Carpenter, Humphrey & Prichard, Mari. *Oxford Companion to Children's Literature.* p. 471.

[11] Egoff, Sheila and others. Only Connect; *Readings on Children's Literature.* p. 388.

[12] Carpenter, Humphrey & Prichard, Mari. *Oxford Companion to Children's Literature.* p. 472.

[13] 上海人民廣播電台編：《文學知識廣播講座》，頁 129-130。

[14] 賀宜等：《兒童文學講座》，上海：少年兒童出版社，1980，頁 125。

[15] 《兒童文學概論》，頁 264-265。

[16] 《晚清兒童文學鈎沉》，頁 91。

[17] 同上，頁 91。

[18] 同上，頁 91-92；《空中飛艇》，明權社，光緒二十九年（1903）七月初版。

[19] 同上，頁 92。

[20] 同上，頁 92。英國肖魯士之《海底旅行》，署南海盧藉東譯意，東越紅溪生潤文，即法國凡爾納的《海底兩萬里》。

[21] 同上，頁 92。

[22] 同上，頁 92-93。

[23] *Macmillan Family Encyclopedia.* V. 9, p. 157. 格斯伯克為盧森堡人，1904 年移民美國。他是編輯、出版家、發明家及無線電先驅者，他製造了第一部家庭無線電收音機。

[24] Egoff, Sheila and others. Only Connect; *Readings on Children's Literature.* p. 386.

[25]《晚清兒童文學鈎沉》，頁 94。《地心旅行》又名《地球隧》，上海廣智書局於光緒三十二年（1906）三月初版。

[26] 同上，頁 96。

[27] 福建師範大學中文系編選：《魯迅論外國文學》，北京：外國文學出版社，1980，頁 4。原見《南腔北調集》中之《我怎麼做起小說來》，1933 年 3 月 5 日。

[28] 同上，頁 23。原見《致董永舒》1933 年 8 月 13 日

[29] 同上 ，頁 3。

[30] 孫昌熙等著：《魯迅文藝思想新探》，天津：天津人民出版社，1983，頁 1，註 (1)。

[31]《魯迅論外國文學》，頁 409。

[32]《晚清兒童文學鈎沉》，頁 91。

[33]《魯迅評傳》，頁 92。

[34] 同上，頁 72。

[35] 同上，頁 92-93。

[36]〈自序〉，《吶喊》，《魯迅全集（1973）》卷 1，頁 269-271。

[37] 同上，頁 271。

[38]《魯迅論兒童讀物》，頁 107。

[39]《晚清兒童文學鈎沉》，頁 205。

[40]《略講關於魯迅的事情》，頁 28。

[41] 同上，頁 31。

[42]〈祝中俄文字之交〉，《南腔北調集》，《魯迅全集（1973）》卷 5，頁 53。

[43]《晚清兒童文學鈎沉》，頁 93。

[44] 同上，頁 92。

[45] 同上，頁 200。

[46] 同上，頁 199。

[47] 同上，頁 93。

[48]《魯迅全集（1973）》卷 11，頁 10。

[49]《魯迅論外國文學》，頁 311。

[50]《魯迅評傳》，頁 83。

[51]《魯迅論外國文學》，頁 312。

[52] 同上，頁 311。

[53]《魯迅文藝思想新探》，頁 9。

[54] 杜漸：《書海夜航二集》，北京：三聯書店，1984，頁 151。

[55]《晚清兒童文學鈎沉》，頁 92。

[56] 同上，頁 9。

[57] 同上，頁 10。

[58]《魯迅全集（1973）》卷 11，頁 11。

[59] 同上，頁 10-11。

[60]《兒童文學散論》，頁 133。

[61] 同上，頁 135。

[62] 魏同賢：《先驅者的業績 —— 談茅盾的兒童文學理論及創作》，見《兒童文學研究》第九輯，上海：少年兒童出版社，頁 120。

[63]《兒童文學散論》，頁 136。

[64]《1913-1949 兒童文學論文選集》，上海：少年兒童出版社，1962，頁 219。原載《文學》第 4 卷第 2 號，1935 年 2 月 1 日。

[65]《兒童文學》編輯部編：《兒童文學創作漫談》，北京：中國少年兒童出版社，1979，頁 1-2。這是茅盾在 1978 年 12 月以中國文聯副主席及中國作家協會主席的身份會見兒童文學創作學習會學員的講話。

[66]《魯迅論兒童讀物》，頁 54-55。

[67]《兒童文學講座》，頁 132。

[68] 杜漸：〈魯迅與科幻小說〉，見《書海夜航二集》，頁 155。

[69]《兒童文學散論》，頁 150。

[70]《魯迅論兒童讀物》，頁 52。

[71]《兒童文學散論》，頁 152。

[72]《1913-1949 兒童文學論文選集》，頁 221。

[73] 同上，頁 219。

[74]《漫談科學文藝》，頁 132。

[75] Huck & Kuhn. *Children's Literature in the Elementary School.* 2nd ed. p. 462

[76] 同上，頁 452-453。

[77] 《魯迅論兒童讀物》，頁 53。

[78] Huck & Kuhn. *Children's Literature in the Elementary School.* 2nd ed. p. 465.

[79] 同上，頁 462-463。

[80] 同上，頁 463，原載 *The Horn Book Magazine* v.41, Oct. 1965, pp. 524-529.

第六章　魯迅與現代中國童話

一 童話的定義與分類

1. 定義

劉守華在《中國民間童話概說》一書裏這樣說明「童話」一詞的由來 [1]：

童話故事是一向就在民間流傳的，但我國過去在人們的口頭和書本中，都沒有「童話」這個名稱。南方許多地方把講故事叫講「古話」，其中就包括了我們所稱的童話故事。「童話」一詞是本世紀初從日本借用來的。

然而，「童話」一詞，究竟於何時借自日譯呢？其意義又如何界定呢？1921 年張梓生在《婦女雜誌》上發表了一篇名為《論童話》的文章，從民俗學的觀點給童話下一個定義 [2]：

童話和「神話」「傳說」都有相連的關係。原來原始人類，不懂物理，他看一切物類和所謂天神，地祇，鬼魅等等，都有動作生氣，和人類一樣，這便是拜物教的起因，從此所演成的故事，便是「神話」。進了一步，傳講這類事實，使人雖信而不畏，便變成「傳說」。再進一步，把這些事實，弄成文學化，就是「童話」了。所以童話的界說是：

「根據原始思想和禮俗所成的文學。」

趙景深覺得這個定義不大恰當，便寫信給張梓生提出疑問 [3]：

你說童話的定義，是「根據原始思想和禮俗所成的文學。」但是孫毓修先生的《童話集》，竟包括一切（寓言、小說、神話、歷史故事和科學故事。）本來童話二字，表面上的意義，是「對兒童說的話」不能說孫先生是錯。我以為 fairy-tales or märchen 不可譯作「童話」二字，以致意義太廣，最好另立一個名詞，免得混淆，你以為如何？

張梓生給趙景深的答覆如下 [4]：

我所說的童話定義，是人類學研究上的定義。其中只能包括兒童及和兒童智識程度相等的野蠻人鄉下人所說的含有娛樂性質的故事，不能包括一切。孫先生童話集中的東西，不全是純粹的童話；只能說是兒童文學的材料。因為童話一個名詞，是從日本來的，原意雖是對兒童說的話，現在卻成了術語，當做 märchen 的譯名；正如「小說」二字，現在也不能照原意解說了。如恐淆混，便不妨用兒童文學這個名稱，包括一切。

張梓生的童話定義，只限於人類學上的研究，因此並不適用於兒童文學。一般人對於童話，仍然有許多誤解，以為就是神仙故事，只是譯名不甚恰當而已 [5]。因此趙景深和周作人又於晨報副刊上互相討論。

從現有的資料看來，周作人可能是中國研究童話的第一人，早在 1912 年，他便寫了《童話研究》一文，1913 年又寫了一篇《童話略論》[6]。他研究童話，是以民俗學為依據，探討其起源，和在教育上的用途，因此和兒童文學相接近，不如張梓生，只從純民俗學的角度看童話。

周作人就趙景深 1922 年 1 月 9 日的來信，對童話作如下的解釋 [7]：

童話這個名稱，據我知道，是從日本來的。中國唐朝的《諾皋記》裏雖然記錄着很好的童話，卻沒有甚麼特別的名稱。十八世紀中日本小說家山東京傳（1761-1816）[8] 在《骨董集》裏才用童話這兩個字；曲亭馬琴（1767-1848）[9] 在《燕石雜誌》及《玄同放言》中又發表許多童話的考證，於是這名稱可說已完全確定了。童話的訓讀是 warabe no monogatari，意云兒童的故事；但這只是語源上的原義，現在我們用在學術上卻是變了廣義，近於「民間故事」—— 原始的小說的意思。童話的學術名，現在通用德文裏的 märchen 這一個字；原意雖然近於英文的 wonder-tale（奇怪故事），但廣義的童話並不限於奇怪。至於 fairy tale（神仙故事）這名稱，雖然英美因其熟習，至今沿用，其實也不很妥當，因為講神仙的不過是童話的一部份；而且 fairy 這種神仙，嚴格的講起來，只在英國才有，大陸的西南便有不同，東北竟是大異了。所以照着童話與「神仙故事」的本義來定界說，總覺得有點缺陷，須得根據現代民俗學上的廣義加以訂正才行。

周作人是根據民俗學上的廣義來界定「童話」一詞，所以他認為童話的最簡明的界說是「原始社會的文學」[10]。他的所謂原始社會，包括了上古，野蠻民族，文明國的鄉民和兒童社會。而屬於這些「原始社會」的故事則可分為神話（myths），傳說（saga）及童話（märchen）三種。至於三者的分別，周作人又作如下的解釋 [11]：

這三個希臘伊思蘭和德國來源的字義，都只是指故事，現在卻拿來代表三種性質不同的東西。神話是創世以及神的故事，可以說是宗教的；傳說是英雄的戰爭與冒險的故事，可以說是歷史的：這兩類故事在實質上沒有甚麼差異，只是依所記的人物為區分。童話的實質也有許多與神話傳說共通。但是有一個不同點：便是童話沒有時與地的明確的指示，又其重心不在人物而在事件，因此可以說是文學的。

周作人雖是根據現代民俗學上的廣義來界定童話，但因為近代將童話應用於兒童教育，他主張另立一個「教育童話」的名目，與德文的 kindermärchen 相當，他又相信童話在兒童教育上的作用是文學的而不是道德的 [12]。這樣看來，他的所謂「教育童話」便算入兒童文學的範圍了。

童話這個名詞，一般都相信是「在清代末期從日本引進後，開始流行於我國。」[13] 而中國有「兒童文學」這個名稱，則始於「五四」時代，由此可見在「兒童文學」一詞尚未在中國出現之前，童話這個名詞已從日本引進來了。

早期編譯童話的人中，最重要的要算是孫毓修了。他為商務印書館所編的《童話第一集》，自光緒三十四年（1908 年）開始陸續出版，共出了八十七冊 [14]。孫毓修的童話，大都是編譯的，主要來源是：《希臘神話》《泰西五十軼事》《天方夜譚》《格林童話》《貝洛爾童話》，笛福的《絕島飄流》，斯威夫特的《大人國》與《小人國》《安徒生童話》等共約四十餘種外國童話。此外，還有中國古代童話，主要取材自《史記》《漢書》《唐人小說》《孔雀東南飛》《木蘭辭》《古今奇觀》《虞初新志》《中山狼》等書 [15]。正因為孫毓修編譯的童話取材廣泛，有些根本不屬於童話類的也採用了，所以引起趙景深對張梓生的童話定義產生疑問。

葉詠琍在《兒童文學》一書裏，給童話作如下的解釋 [16]：

童話這一名詞，在中國，到了清末才由日本詞彙中引進，起初的含義廣泛而含混，包括一切兒童可以接受的童話、傳說、寓言、民間故事、兒童小說等，後來才嚴格加以區分開來，單指那些結構單純，想像豐富的故事。而這些故事，全屬虛構，在現實生活中，是似有實無的。

假定「童話」一詞是從日本引進中國，那麼日本人對童話的界定又是怎樣的呢？日本兒童文學評論家上笙一郎對童話有這樣的說明 [17]：

所謂童話，是指將現實生活邏輯中絕對不可能有的事情，依照「幻想邏輯」，用散文形式寫成的故事。在日本，從大正時代直到近年來，一直都把這種文學形式叫「童話」。由於「童話」這一詞彙同時也作為兒童文學的同義語而使用，為了避免混亂，也可將這種兒童文學的形式稱做「幻想故事」。這種兒童文學的目的，在於激發兒童的幻想力和想像力，把他們引導培育為感性豐富的人。一般認為，幻想故事是以神話、傳說、故事等民間文學為母體，以現代思想和感覺為支柱，隨着安徒生的出現而誕生的。以儒勒·凡爾納為鼻祖的科學幻想小說，也應列入「幻想故事」的範圍。從某種意義上說，「幻想故事」是一種更為地道的兒童文學的形式。

童話一詞，在日本有時又指廣義的兒童文學，也頗混亂，與清末引進中國時所產生的混亂相像。現在一般歐美兒童文學界把我們所說的童話稱為 fantasy，即是幻想故事，而科學小說則是幻想故事的一種。

洪汎濤在《童話探索》一文中列出童話的五種不同定義 [18]：

為兒童而作的故事。(日本詞典)

專備兒童閱讀的故事。(解放前詞典)

依兒童的心理和需要編寫的故事。(解放前詞典)

兒童所閱之小說也。依兒童心理，以敘述奇異之事，行文粗淺，有類白話，故曰童話。(《辭源》)

兒童文學中的一種。通過豐富的想像、幻想、誇張來塑造形象，反映生活，對兒童進行思想教育。一般故事情節神

奇曲折，生動淺顯，對自然物往往作擬人化的描寫，能適應兒童的接受能力。(《辭海》)

從以上解釋中，可以看出，童話的概念在變化。一至四條，範圍很廣，包括童話與兒童小說，也沒有說出童話的特點。第五條接近現在的概念，但過於瑣細，其中有些話並非童話才有的特點。如果要我再來歸納一下，似可為，一種以幻想，誇張為表現手法的兒童文學樣式。

可見童話一詞，在清末初從日本引進時，其定義並不很明確，範圍也很廣，相等於專供兒童閱讀的故事和小說。後來，童話的特質慢慢確定了，才與故事和小說區分開來，形成童話這種獨立的兒童文學體裁。

2. 分類

(1) 古典童話和現代童話

童話是兒童文學的主流，也是最受兒童歡迎的一種文體，其領域隨着時代而不斷擴張，到了今天，可因其內容，發展及特殊風格，區分為古典童話和現代童話兩大類。

許義宗的《兒童文學論》中以古典童話為「傳統的民間故事或童話，沒有明確的作者，它們都是由人口述，而一代代的傳下來，爾後經人加以改編改寫而成的。」[19] 至於現代童話，許義宗說形式大致和傳統童話一樣，「但是它有明確的作者，富有創造性，有新的面貌，有新的內容，充滿着豐富的想像，不僅鳥能言，獸能語，連人格化的玩具，機械也都成了童話中的角色。」[20]

葉詠琍的《兒童文學》中說古典童話是「最早的童話，是民間人們口頭創作的，它的起源很早，流傳極廣，大約自有人類，便有它們的存在了。例如我國民間童話《田螺姑娘》《蛇郎》《馬蓮花》等。」[21]

葉詠琍把古典童話和現代童話加以比較說 [22]：

> 古典童話的作者是人民大眾，是無名氏，現代童話的作者則是有名有姓的了。他往往從改寫民間童話出發，開闢出一條創作童話的道路來。如丹麥籍的安徒生，便是鼎鼎大名的代表者，他的作品，稱為現代童話，或者藝術童話。
>
> 現代童話是個人的創作，與古典童話是集體的作品正好是相對的，但它也像古典童話一樣，是作者從生活經驗中提煉出來的菁華，經過藝術加工而成的。

許義宗和葉詠琍的童話分類顯然是參考美國兒童文學的分類法而成的。許著的參考書目有赫克和庫恩合著的《小學校裏的兒童文學》(*Children's Literature in the Elementary School*)[23]，葉著的參考書目除了赫克和庫恩的合著外，還有薩瑟蘭（Sutherland）等著的《兒童和圖書》（*Children and Books*）[24]。赫克和庫恩著作的第四章為傳統文學（Traditional literature），內容包括有民間故事（Folk tales）、寓言（Fables）、英雄故事（Epic literature）、神話故事（Myths and mythic heroes）和聖經故事（The Bible as literature）[25]。統稱之為古典童話。第七章為現代幻想及詼諧故事（Modern fantasy and humour），內容包括有現代神仙故事（Modern fairy tales）、新北美民間故事（New tall tales）、現代幻想故事（Modern fantasy）、科學小說（Science fiction）和詼諧故事（Humorous books）[26]。統稱之為現代童話。

至於薩瑟蘭等著的《兒童和圖書》，則把古典童話分為民間故事（Folk tales）和寓言 (Fables)、神話（Myths）和英雄故事 (Epics)；至於現代幻想故事（Modern fantasy），內容包括民間故事童話（Fantasy with folk tale elements），純想像的故事（Tales of pure imagination），會講話的動物故事（Modern stories of talking beasts），人格化的玩具及無生命物的故事（Personified toys and inanimate），詼諧的想像故事（Humorous fantasy）、科學小說（Science fiction）等 [27]。

（2）天然童話和人為童話

1913 年，周作人在《童話略論》一文中把童話分為天然童話和人為童話，他的解釋如下 [28]：

天然童話亦稱民族童話，其對則有人為童話，亦言藝術童話也。天然童話者，自然而成，具種人之特色，人為童話則由文人著作，具其個人之特色，適於年長之兒童，故各國多有之。但著作童話，其事甚難，非熟通兒童心理者不能試，非自具兒童心理者不能善也。今歐土人為童話唯丹麥安兒爾然（Andersen, 即安徒生）為最工，即因其天性自然，行年七十，不改童心，故能如此，自鄶以下皆無譏矣。故今用人為童話者，亦多以安氏為限，他若美之訶森（Hawthorne, 即霍桑）等，其所著作大抵復述古代神話，加以潤色而已。

周作人從民俗學的觀點把童話分為天然童話和人為童話，相等於今天兒童文學界把童話區分為古典童話和現代童話了。安徒生被公認為現代童話之父，他是人為童話的始創者。

(3) 民間童話和藝術童話

夏文運在《藝術童話的研究》一文中把童話分為民間童話和藝術童話 [29]：

來自民間的童話是說一民族、一社會、一地方的傳統的故事和傳說，是適合兒童的環境和順應兒童的想像的傾向，能夠十分的把童話的本質表現出來的；藝術童話是一般藝術家把他自己的靈魂投入兒童的世界，所創作出來的文藝作品，他的任務非常大的，可是他往往有失卻童話眞精神的危險。

夏文運是從兒童教育的觀點來把童話區分為民間童話和藝術童話，他還認為研究和創作藝術童話是「新人教育家的重大的責任。[30]」至於怎樣研究和創作藝術童話呢？他說 [31]：

當根據心理學的研究，來穿鑿兒童的心理作用的特性，依着順應兒童精神作用的發達的階段的材料和方法，來組成他的內容，要自由活潑來發達兒童的精神作用。所以藝術童話的作家要像不管寒冷和危險跳進水裏去救墜水的兒童一樣，要鑽入兒童的精神，兒童的身體裏，去謀合他們的精神的作品出現。

(4) 民間童話和創作童話

胡從經說周作人的自然童話「今稱民間童話」，人為童話「今稱創作童話」[32]。

在《兒童文學 —— 幼兒師範試用課本》一書中，就民間童話和創作童話有如此解釋 [33]：

童話的主要淵源也是民間故事。很多童話直接從民間故事演變而來，也就是所謂民間童話。

長期以來，民間童話在廣泛的流傳中不斷得到補充和改造，後來又經一些作家整理加工。較早對民間童話進行採集，整理的是十七世紀的法國作家貝洛爾。到十九世紀時，德國的語言學家格林兄弟也致力於民間童話的採集、整理和改寫。世界童話大師安徒生早期的作品也大多取材於民間童話。

後來，有的作家由加工、改寫進而獨立創作童話，例如創作後期的安徒生。他的努力為此後的創作童話的發展奠定了重要的基礎。

這所謂「民間童話」和「創作童話」正是今天中國兒童文學界通行的說法。

(5) 民間童話，民族童話和文學童話

賀宜在《簡論童話》一文中則把童話分為民間童話、民族童話和文學童話三種，他說 [34]：

童話有好幾種。它們的來源，大都是：一種是根據民間流傳的口頭童話加以搜集、整理加工的，叫做民間童話；根據各個民族流傳的口頭童話加以搜集、整理加工的，叫做民族童話；完全由個人創作的，叫做文學童話。

其實，賀宜的所謂民間童話和民族童話是相當於古典或傳統童話，而文學童話即是創作童話或現代童話了。

二 魯迅時代的重要童話作家

1. 孫毓修（1871-1922）

魯迅誕生於清末光緒七年（1881 年），當時中國還無所謂「兒童文學」，但「童話」一詞，則應已從日本引進來了，只是定義並不很明確，範圍也很廣泛，意思相當於後來的「兒童文學」。

孫毓修在上海商務印書館編譯所主編的童話第一集第一冊《無貓國》於 1909 年 10 月初出版 [35]。當時魯迅已二十九歲，在日本逗留了七年後，於該年八月回國，擔任杭州浙江兩級師範學堂教員 [36]。

胡從經在《晚清兒童文學鈎沉》中說，《無貓國》給誤認為中國兒童文學誕生的標誌，那是因為商務印書館在童話第一集中的《玻璃鞋》之發端中寫道：「《無貓國》要算中國的第一本童話。[37]」

大約在民國二、三年（1913 年 -1914 年），周作人已在《古童話釋義》一文中指出《無貓國》不是中國的第一本童話了 [38]：

中國自昔無童話之目，近始有坊本流行，商務童話第十四篇《玻璃鞋》發端云，「《無貓國》是諸君的第一本童話，在六年前剛才發現，從此諸君始識得講故事的朋友，《無貓國》要算中國第一本童話，然世界上第一本童話要推這本《玻璃鞋》，在四千年前已出現於埃及國內」云云，實乃不然，中國雖古無童話之名，然實固有成文之童話，見晉唐小說，特多歸諸志怪之中，莫為辨別耳。

可是范奇龍在 1983 年出版的《茅盾童話選》中仍說孫毓修編寫的《無貓國》是中國歷史上第一本兒童文學作品 [39]。這顯然是因為誤信了《玻璃鞋》之發端中的話。

對於《無貓國》在中國童話史上的地位，洪汛濤有這樣的說法 [40]：

孫毓修撰寫的這篇《無貓國》，採自《泰西五十軼事》。這篇作品，如若以今天的童話概念來說，是不成其為童話的。但是，這篇作品開創了「童話」的先例。自此，中國有了「童話」這個名稱了。

至今為止，我們所見到的最早起用「童話」此詞的，即為《童話》此一刊物，《無貓國》此一作品。

孫毓修所編譯的《童話》第一集及第二集共九十四種九十八冊。雖然其中的十七種為茅盾以沈德鴻本名編撰，其他的個別作者還有謝壽長、高真常 [41]、張繼凱等，但大部分為孫毓修所編譯或撰寫 [42]。

孫毓修所編的童話集中，大部分作品是翻譯自外國童話或改編自中國歷史故事，但也有少數自創童話，例如茅盾的《尋快樂》和《書呆子》便是。《尋快樂》於 1918 年 8 月出版，《書呆子》則於 1919 年 3 月出版 [43]。其實，《書呆子》不能算是童話，只能說是兒童寫實故事（realistic story）[44]。洪汛濤在《童話探索》一文中，認為「中國現代的童話，資料表明，最早寫的是茅盾。他的《尋快樂》寫於 1918 年，他的《書呆子》寫於 1919 年。署名沈德鴻。[45]」在此，《書呆子》也被誤認為童話了。

可見，孫毓修所編的童話集中的作品並非全為童話，亦包括了其他的兒童文學體裁，由此可見當時人對「童話」和「兒童文學」的混淆不清。就連魯迅也把他自己翻譯的《錶》當作是童話了。其實，那是兒童小說。上笙一郎的《兒童文學引論》也說《錶》是蘇聯最早出

現的兒童小說之一 [46]。平心編輯的《全國兒童少年書目》也把《錶》列入西洋兒童小說類 [47]。

蘇聯班台萊耶夫作的《錶》由魯迅於 1935 年譯成，上海生活書店出版。魯迅在《譯者的話》中說《錶》是一篇中篇童話 [48]，顯然是受了日本槙本楠郎的日譯本《金時計》的譯者序言的影響 [49]，以為是一篇童話，於是便「抱了不少野心，要將這樣的嶄新的童話，紹介一點進中國來，以供孩子們的父母、師長，以及教育家、童話作家來參考。[50]」

可見魯迅對「童話」與「兒童文學」也不嚴加區別。究其原因有二：一是日本的「童話」和「兒童文學」二詞是互相通用的；二是當時流行的孫毓修童話也包括了兒童小說，歷史故事等非童話在內。當時人把凡是給兒童看的故事都當成是童話了。

在中國現代童話發展史上，孫毓修是有其貢獻的，茅盾甚至稱孫毓修為「現代中國童話的祖師 [51]」。

孫毓修編寫童話，能顧及兒童的心理特點。為了適應他們的興趣和閱讀能力，他按照兒童的年齡，把童話分為兩集，第一集是為七、八歲的兒童編寫的，每篇字數約五千；第二集是為十、十一歲的兒童編寫的，每篇字數約一萬 [52]。

至於編寫這些童話的目的，則是為了對兒童讀者進行品德教育和知識教育。孫毓修在《童話》初集廣告中說 [53]：

故東西各國特編小說為童子之用，欲以啟發知識，涵養德性，是書以淺明之文字，敘奇詭之情節；並多附圖畫，以助興趣；雖語言滑稽，然寓意所在必軌於遠，童子閱之足以增長德智。

孫毓修在每篇童話之前，仿照宋元評話話本的格式，寫一篇楔子式的評語，說解故事內容，使兒童易於了解。

在取材方面，孫毓修也有自己的標準，除了上述的奇詭情節，語言滑稽及有所寓意等項外，還有取材於古書的。他在《童話序》中說 [54]：

吾國之舊小說，既不足為學問之助，乃刺取舊事與歐美諸國之所流行者，或童話若干集，集分若干編，意欲假此以為羣學之兄弟，後生之良友，不僅小道可觀而已。

所謂「舊事」，即是從中國古籍中取材，範圍廣泛，包括史書、話本、傳奇、小說、戲曲、筆記等 [55]。至於「歐美諸國之所流行者」，即將一些外國兒童文學名著，改寫成故事，包括以下的作品 [56]：

……有拉斯別的《傻男爵遊記》，有安徒生的《海公主》《小鉛兵》，有貝洛的《睡美人》《母鵝》，有格林兄弟的《玻璃鞋》《大拇指》，有斯威夫特的《大人國》《小人國》，也有《伊索寓言》《天方夜譚》《泰西軼事》中的故事，以及列夫·托爾斯泰、王爾德等作家的作品。

洪汛濤對孫毓修的童話選材批評說 [57]：

前者，是一些歷史故事、傳奇故事，今天來看，還不能說是童話。孫毓修當時對繼承中國童話特別是民間童話方面，是比較疏忽的。因為，他當時對於「童話」這樣一個新樣式，認識不可能是很完整的，這是歷史的限制。

後者，可以說是比較有系統地介紹了當時外國的一些童話名作了。這些作品的系統的介紹，影響大大超過了前者，這一些富於幻想的，大膽誇張的外國作品，給了中國的文學界很大的啟發，中國的文學界不少人開始寫童話了。

後來的一些作家如張天翼、張若谷等都確曾受了孫毓修的啟發。

張天翼在回憶幼年的生活時說 [58]：

在初小有一次開全城小學運動會，我去參加五十碼賽跑，得了第二，發給我許多獎品：十幾冊商務印書館的童話，孫毓修先生編的。書上的字我有許多不認識，母親就讀給我聽。於是漸漸地自己能看了，又買了一些書，借了一些書來看。商務印書館和中華書局那時所出的童話都全看了。

張若谷也這麼說 [59]：

在我孩童時代，唯一的恩物和好伴侶，最使我感到深刻的印象的，是孫毓修的《大拇指》《三問答》《無貓國》《玻璃鞋》《紅帽頭》《小人國》⋯⋯等。

在中國童話史上，孫毓修的貢獻是很大的。在他的時代，兒童生活並不怎麼受重視，還沒有所謂「兒童文學」，而孫毓修卻能開風氣之先，編寫童話，並且注意兒童的閱讀心理和年齡特點，編寫有趣味的讀物，難能可貴。自孫毓修的《童話》開始，中國的兒童讀物中才有了「童話」一類。這一類書，「情節奇詭」「語言滑稽」，既有寓意，又充滿幻想，深能吸引少年兒童。

孫毓修雖然撰寫了不少童話，但卻只是述而不作。

所以，洪汛濤說 [60]：

> 孫毓修是一位童話的闢徑者，可惜他還不能算是一位童話作家，因為他撰寫的這些作品，幾乎都是改寫的，或譯述的，他沒有留下創作的童話作品。

這未嘗不是一件憾事，但稱他為中國現代童話的祖師，也是當之無愧的。

2. 茅盾（1896-1981）

茅盾的文學生涯是從兒童文學開始的。1916 年，二十歲的茅盾進入上海商務印書館編譯所，當孫毓修的助手，幫他編《童話》，並且嘗試寫童話。他一口氣編寫了《大槐國》等二十八篇童話 [61]。

茅盾剛進入商務印書館時，翻譯科學小說《三百年孵化之卵》，發表於 1917 年商務印書館出版的《學生雜誌》上 [62]。同年 10 月商務印書館出版《中國寓言初編》，署名沈德鴻編纂，孫毓修校訂。1918 年，與弟弟沈澤民合譯美國洛賽爾·彭特（Russell Bond）著的科學小說《兩月中之建築譚》，刊載於《學生雜誌》月刊第五卷上，又編寫科學讀物《衣》《食》《住》，由孫毓修校，商務印書館 1918 年 4 月初版 [63]。

當孫毓修編的《童話》叢書出版到近五十種時，茅盾才參與這套書的編譯工作。他的十七本童話集列入《童話》叢書的第一集第六十九篇至八十九篇裏面 [64]。

現根據胡從經在中華書局圖書館找到的茅盾童話十七種及出版年月引錄如下 [65]：

《大槐國》（1918 年 6 月），《千匹絹》（1918 年 6 月）[66]，《負骨報恩》（1918 年 7 月），《獅騾訪豬》（包括《獅騾訪豬》《獅受蚊欺》《傲狐辱蟹》《學由瓜得》《風雪雲》等，1918 年 8 月），《平和會議》（包括《平和會議》《蜂蝸之爭》《雞鶩之爭》《金盞花與松樹》《以鏡為鑒》等，1918 年 9 月），《尋快樂》（1918 年 11 月）、《驢大哥》（1918 年 11 月）、《怪花園》（1919 年 1 月）、《蛙公主》（1919 年 1 月）、《兔娶婦》（包括《兔娶婦》《鼠擇婿》《狐兔入井》等，1919 年 1 月）、《書呆子》（1919 年 3 月）、《一段麻》（1919 年 5 月）、《樹中餓》（1919 年 6 月）[67]、《牧羊郎官》（1919 年 7 月）[68]、《海斯交運》（1919 年 7 月）、《金龜》（1919 年 10 月）、《飛行鞋》（1920 年 10 月）等。

以上列舉的童話，共十七種，二十七篇，均列入孫毓修主編的《童話第一集》叢書中。茅盾的第二十八篇童話為《十二個月》，署名沈德鴻譯，載於鄭振鐸編的《童話第三集》[69]。

茅盾童話的取材大致可分為三類：第一類取材自中國古籍裏的傳統故事和民間童話，如唐人傳奇、宋元話本、明清小說等。如《大槐國》是根據唐朝李公佐所撰傳奇《南柯太守》改編的；《千匹絹》《負骨報恩》和《樹中餓》同出《今古奇觀》;《牧羊郎官》選自《漢書》;《學由瓜得》和《以鏡為鑒》則是中國民間故事 [70]。

第二類取材自外國故事，加以譯述。如選自《格林童話》的《蛙公主》《怪花園》《海斯交運》和《飛行鞋》;《金龜》取自《天方夜譚》;《獅騾訪豬》《平和會議》和《兔娶婦》大都譯自《伊索寓言》和《希臘寓言》[71]。

第三類是茅盾自己的創作。洪汎濤說《尋快樂》《書呆子》《一段麻》《風雪雲》《學由瓜得》等都是茅盾自創的 [72]。范奇龍也認為這五篇都是直接取材於現實生活的創作 [73]。魏同賢認為只有《尋快樂》《一段麻》和《書呆子》才是茅盾個人的創作 [74]。而胡從經則認為只有《尋快樂》和《書呆子》兩種 [75]。至於孔海珠，她認為《書呆子》的創作成分頗多，只有這篇才是茅盾的創作 [76]。根據孔海珠的考證，《學由瓜得》和《風雪雲》都是寓言故事，收入《獅騾訪豬》，大都譯自《伊索寓言》和《希臘寓言》，而《學由瓜得》應是中國民間故事。由於故事短，寓意深刻，也就彙編在一起。《一段麻》是根據愛爾蘭作家瑪麗亞·埃寄華斯的《不要浪費，不要妄取》編譯的 [77]。至於《尋快樂》，故事來源自劇本《求幸福》，刊載於《學生雜誌》第五卷十期及十一期（1918 年 10 月至 11 月）上，署名雁冰，全劇英漢對照。劇本《求幸福》和童話《尋快樂》在人物和情節上很相像，而且《尋快樂》出版後於《求幸福》，在版權頁上有「編譯」兩字，因此可以推斷《尋快樂》是從劇本《求幸福》改編過來的 [78]。由此看來，茅盾的創作童話，實際只有《書呆子》一篇了。

其實《書呆子》不算是一篇童話，因為裏面完全沒有童話中不可缺少的幻想成分，它是屬於寫實故事類。茅盾創作這則故事是有其教育目的的 [79]：

> 現在人心不古道，學堂之中，有用心讀書的學生，同學們便齊聲叫他書呆子，笑他，奚落他，好像做了甚麼不端事

情似的。這種情形，莫說是玩笑小事，實是學校中最壞的習氣。見地不牢固的人，每因同學們的嘲侮，把勤學之心漸漸拋卻，流入浮蕩一流去了。在下就為這個原故，編這本《書呆子》童話，希望小學生看了，不用功的變為用功；用功的更加用功，再不把書呆子三字笑人，那就好了。

《書呆子》是敍述兩個小學生看蜜蜂分房的故事。那個被喚作「書呆子」的同學，因為從書中獲得了蜜蜂分房的知識，因此當另一位同學被蜜蜂侵襲時，他懂得怎樣去救那位同學。由此說明了愛看書的同學並非「書呆子」。

茅盾一向重視科學知識，並且熱心推介，在他編譯童話之前，曾經翻譯科學小說和編寫科學讀物。因此，這篇根據養蜂知識寫成的故事，應是茅盾自己的創作。只因當時童話一詞的定義還不明確，童話的概念仍很模糊，成為兒童文學的同義詞。因此《書呆子》也被列入《童話》叢書了 [80]。

孔海珠將茅盾編譯童話的方法歸納為兩種 [81]：

一種是保持原作的故事和風格，不作大的改動；另一種是對原作進行加工，選取故事的主要情節和人物，改編成適合中國讀者閱讀的故事，茅盾把這一辦法稱之為「西學為用，中學為體」。第一種方法，故事簡潔明瞭，開門見山，如譯自格林童話的幾種，故事一開頭就交代了地點和人物，然後直接展開故事，馬上把讀者帶到童話的意境之中……。第二種方法是經過改寫的，如前面提到《尋快樂》，作者把它改編成中國故事，並在最後寫道：「勤儉越久，快樂越多，那快樂的味兒也越眞。諸位不信，要清早醒來之時，把一日所做的事，徹底一想，便見得此話不錯了。」……這種寫法，使翻譯作品的形式變得具有濃厚的中國白話小說風格，使讀者樂於閱讀，這是茅盾在編譯外國作品上的一個創造和特點。

有關「西學為用，中學為體」的童話翻譯方法，茅盾在 1935 年寫的《關於「兒童文學」》一文中回憶說 [82]：

我們有所謂「兒童文學」早在三十年以前。因為我們那時候的宗旨老老實實是「西學為用」，所以破天荒的第一本「童話」《大拇指》(也許是《無貓國》，記不準了) [83]，就是西洋的兒童讀物的翻譯。以後十年內——就是二十年前，我們翻譯了不少的西洋的「童話」來。在尚有現成的西洋「童話」可供翻譯時，我們是曾經老老實實翻譯了來的，雖然翻譯的時候不免稍稍改頭換面，因為我們那時候很記得應該「中學為體」的。

茅盾又根據他自己翻譯童話和其他兒童讀物的經驗，總括了他對兒童文學翻譯的看法 [84]：

我們知道翻譯「兒童文學」眞不容易。譯文既須簡潔平易，又得生動活潑；還得「美」，而這所謂「美」決不是夾用了「美麗的詞句」(那是文言的成份極濃厚的)就可獲得；這所謂「美」，是要從「簡潔平易」中映射出來。我們的苛刻的要求是:「兒童文學」的譯本不但要能給兒童認識人生，(兒童是喜歡那些故事中的英雄的，他從這些英雄的事跡去認識人生，並且構成了他將來做一個怎樣的人的觀念，) 不但要能啟發兒童的想像力，並且要能給兒童學到運用文字的技術。

茅盾主張兒童文學應該有教育作用。他曾經用「惕」的筆名在 1936 年發表了一篇題目為《再談兒童文學》的文章，裏面這樣說 [85]：

我是主張兒童文學應該有教訓意味。兒童文學不但要滿足兒童的求知慾，滿足兒童的好奇好活動的心情，不但是啟發兒童的想像力，思考力，並且應當助長兒童本性上的美質：—— 天眞純潔，愛護動物，憎恨強暴與同情弱小，愛美愛眞 …… 等等。所謂教訓的作用就是指這樣地「助長」和

「滿足」和「啟發」而言的。

早在1918至1920年，當茅盾還在撰《童話》叢書時，便已注意到童話中的教育意義了。他的十七本童話集子中的每一則故事，都含有「教訓意味」，正如孔海珠所說的[86]：

> 茅盾編撰的童話，首先注意知識面，在十七本童話中包羅了中外古今各個方面，接觸各種題材，幫助他們開拓視野，啟迪心智；其次注意作品的教育意義，他認為童話是一種有力的教育手段，好的童話往往能把一些抽象的道理和道德觀念變得具體生動，使兒童樂於接受，如《尋快樂》的改編就是一例，童話比劇本更加通俗、準確、形象地表達了如何才能尋到快樂這個主題，教育意義也就更加深刻。

為了達到教育目的，茅盾盡量使每篇童話的主題思想都能鮮明地表現出來。其手法是[87]：

> ……在故事的開頭或結尾，用提示的方式點題。這有助於兒童理解作品的主題，使兒童讀物更淺顯易懂。如《海斯交運》，結束時說明：「編書人不怪海斯愚笨，只怪他貪心不足，見異思遷。第二，天下的事，終沒有十完十美的，只要自己有見識，有耐心，無事不可做到。」在《牧羊郎官》一文中，則開頭就交代說：「在下編這本童話，有兩層

意思，一要叫看官們曉得立身的根本，並不專是唸了幾句書，借此得一個官，就算完了事，須要有益於國家，有功於社會。二要叫看官曉得兩千年前，已有人從事實業，顯著成效，卻又揮金如土，屢次報效國家，一無所求，和近日的實業教育、國家主義相合，我們生當今世，安可反不如他。」

其實茅盾只是沿襲了孫毓修的做法。所不同的是，孫毓修是在每篇童話之前，寫一篇楔子式的評語，而茅盾則把題解寫在童話的開頭或結尾。

茅盾重視兒童文學的教育意義，這一點是和魯迅一樣的。雖然兩人都有這樣的見解，但是，他們都不贊成向兒童說教，一味教訓。這一點也是兩人所見相同的。1935 年，上海市政府將這一年定為「兒童年」，當時，許多兒童刊物都對兒童大加教訓。魯迅和茅盾當時都在上海，對此都不贊成。魯迅在《難答的問題》一文中說[88]：

大約是因為經過了「兒童年」的緣故罷，這幾年來，向兒童們說話的刊物多得很，教訓呀，指導呀，鼓勵呀，勸諭呀，七嘴八舌，如果精力的旺盛不及兒童的人，是看了要頭昏的。

茅盾也表示反對，他寫了三篇文章，評論當時出版的兒童刊物。在《關於「兒童文學」》一文中，茅盾批評當時中國的兒童文學，頗像契訶夫批評蘇聯的兒童文學一樣，是「狗文學」，大部分是西歐文藝作品的譯本。他說 [89]：

近年來，似乎因為「現成」的材料差不多用完了，於是像契訶夫所說的那種割裂西洋文藝作品「改製」成的「兒童文學」也稍稍出現。一些兒童讀的定期刊差不多全靠這一批貨在那裏撐場面。然而我們貴國人究竟強些，即使是裁縫那樣「改舊料」罷，那「舊料」倒也還是直接運自西洋，並沒假手於「譯本」。因為西洋文學的「譯本」可以「改製」為「兒童文學」的，我們的市場上也非常之「缺」！

對於百分比佔了最大多數的文藝性兒童讀物，茅盾批評說 [90]：

我們覺得這一方面實在是一個大垃圾堆。這垃圾堆裏除了少數的西洋少年文學的譯本而外，乾淨的有用的東西竟非常之少。然而那些西洋少年文學的譯本也大多數犯了文字乾燥的毛病，引不起兒童的興味。往往有些在西洋是會叫兒童讀了忘記肚子餓的作品翻譯了過來時，我們的兒童讀了卻感得平淡。

最後，茅盾對於在「兒童年」以後的兒童文學，提出這樣的要求 [91]：

在材料方面，千萬請少用些舶來品的王子，公主，仙人，魔杖，—— 或者甚麼國貨的呂純陽的點石成金的指頭，和甚麼吃了女貞子會遍體生毛，身輕如燕，吃了黃精會經年不餓長生不老 —— 這一類的話罷！在文字方面請避免半文半白的字句，不必要的歐化，以及死板枯燥的敍述（narrative）；請用些活的聽得懂說得出的現成的白話！

在《幾本兒童雜誌》一文中，茅盾從十二種上海出版的兒童定期刊物選擇了六種來評論，他特別反對兒童書局出版的《兒童雜誌》半月刊過於着重教訓意味。茅盾說 [92]：

辦這刊物的人不是沒有「宗旨」的。因此它的內容就比較的整飾。中級的和高級的，不過是程度之差，它們的「精神」是一貫的。無論是「歌曲」，是「公民故事」，是「日記」，是「俗語辭典」（中級），或「成語辭典」（高級），是「戲劇」，是「辯論會」，⋯⋯都有一貫的「教訓的」意味。而這「教訓」的中心就是「怎樣做一個健全的公民」，—— 換一句俗語，就是怎樣做一個「四平八穩的好人」！這一個「宗旨」也就使得《兒童雜誌》成為「四平八穩」的刊物。

……普通兒童讀物裏常有的「幻想」(fancy)和「怪誕」(grotesque)的材料，在《兒童雜誌》裏是沒有的；不，甚至於闊大的，緊張的，熱鬧的，繁複的，絢爛的「場面」，——凡可以滿足兒童的好奇心，刺激兒童的想像力的材料，在《兒童雜誌》裏也是沒有的。從「歌曲」到「笑話」，從「故事」到「圖畫」，所有中高兩級的《兒童雜誌》都是「四平八穩」的，—— 都有一貫的精神：「中庸主義」！

我們並不是無條件反對兒童讀物的「教訓主義」。但是我們以為兒童讀物即使是「教訓」的，也應當同時有濃厚的文藝性；至於「故事」，「戲劇」等等完全居於兒童文學範圍內的作品，自然更應當注重在啟發兒童的文藝趣味，刺激兒童的想像力了。兒童文學當然不能不有「教訓」的目的，—— 事實上，無論那一部門的兒童文學都含有「教訓」，廣義的或狹義的；但是這「教訓」應當包含在藝術的形象中，而且亦只有如此，這兒童文學才是兒童的「文學」而不是「故事化」的「格言」或「勸善文」。

1936 年 1 月，因為要實施「兒童年」了，茅盾又寫了《再談兒童文學》一文，對凌叔華的《小哥兒倆》裏面的五篇作品加以評論，特別讚賞作品寫兒童的天真和純潔。他說 [93]：

凌女士這幾篇並沒有正面的說教的姿態，然而竭力描寫着兒童的天眞等等，這在小讀者方面自會發生好的道德的作用。她這一「寫意畫」的形成，在我們這文壇上尚不多見。我以為這形式未始不可以再加以改進和發展，使得我們的兒童文學更加活潑豐富。

茅盾的文學主張和魯迅大致相同，兒童文學的主張也是如此。

茅盾的這種主張，終其一生，都是一貫的。他晚年對於兒童文學，仍然重視其教育意義，但他不贊成把教育意義和政治性等同起來。他說 [94]：

解放以後，從事兒童文學者都特別注重於作品的教育意義，而又把所謂「教育意義」者看得太狹太窄，把政治性和教育意義等同起來，於是就覺得可寫的東西不多了，這眞是作繭自縛。

茅盾童話的另一個特點是用流暢的白話文抒寫，比孫毓修的白話文更簡潔、易讀。誠如孔海珠所說的 [95]：

茅盾童話的語言特點，和孫毓修的童話一樣，開創了白話童話這個文學樣式，而且，他的童話比孫毓修的更加簡潔，平易，生動活潑，適合少年兒童閱讀。結束了過去文言「兒童讀本」的時代。雖然在前幾本童話中，語言上文言的成份較濃，但這是新文學產生時新舊交替的自然現象。從第一本童話《大槐國》到一年後編譯的《金龜》，再過一年後出的《飛行鞋》，在思想和藝術上都有很大提高。《飛行鞋》的譯筆流暢，文字生動，完全擺脫了過去舊文學作品的格調，在《金龜》中還有「按下……不講，且說……」這樣的句式，在《飛行鞋》中則已完全消除。

兒童文學的語言藝術是不容忽略的。茅盾從他早期編撰童話時開始便注意到這個問題了。而且十分注重其文字。他在 1961 年寫的《一九六零年少年兒童文學漫談》一文中批判了當時兒童文學創作情況。他特別提到兒童文學作品的文字問題 [96]：

……少年兒童文學作品的文字是否應當有它的特殊性？我看應當有，而且必須有。是怎樣的特殊性呢？依我看來，語法（造句）要單純而又不呆板，語匯要豐富多采而又不堆砌，句調要鏗鏘悅耳而又不故意追求節奏。少年兒童文學作品要求盡可能少用抽象的詞句，盡可能多用形象化的詞句。但是這些形象化的詞句又必須適合讀者對象（不同年齡的少年和兒童的理解力和欣賞力）。

1918 年 5 月魯迅的第一篇小說《狂人日記》發表在《新青年》第四卷第五號上，發出了「救救孩子」的呼聲。就在同年 6 月，茅盾為孩子編譯的第一篇童話《大槐國》，由商務印書館出版，也可說是回應了魯迅的吶喊。從《大槐國》開始，茅盾終其一生，都很關注中國的兒童文學事業。在兒童文學的眾多形式中，他特別重視童話。這跟魯迅也是不謀而合的。

1961 年 8 月茅盾在《上海文學》發表《一九六零年少年兒童文學漫談》。文中就指出童話作品非常缺乏，希望能引起兒童文學界的注意和補救。他說 [97]：

總而言之，我們的少年兒童文學中非常缺乏所謂「童話」這一個部門，而且，進行社會主義、共產主義思想教育的童話究竟應當採用甚麼問題（去年是題材之路愈來愈窄），應當保持怎樣的風格，這些問題在去年的論爭中都還沒有解決。

對於在 1960 年內所發表的六篇童話，茅盾又批評說 [98]：

六零年最倒楣的，是童話。我們提到過六篇童話，都是發表在定期刊物上的；《少年文藝》二月號一口氣登了兩篇，可是後來卻一篇也沒有了。這說明了自此以後，童話有點抬不起頭來。六篇童話之中，用了動植物擬人化的，居其五篇，可是，這五篇都不能算是成功之作。故事的情節陳舊（例如幼小的動物不聽話，亂跑亂闖，結果吃了苦頭了，文字亦無特色。如果從「理論」上來攻擊動植物擬人化的評論家實不足畏，那麼，動植物擬人化作品本身的站不住，卻實在可憂。另一篇童話《五個女兒》，卻是難得的佳作。主題倒並不新鮮，五個女兒遭到後父的歧視，以至謀害，然而因禍得福。特點在於故事的結構和文字的生動、鮮艷，音調鏗鏘。通篇應用重疊的句法或前後一樣的重疊句子，有些句子像詩句一般押了韻。所有這一切的表現方法使得這篇作品別具風格。我不知道這篇作品是否以民間故事作為藍本而加了工的，如果是這樣，作者的技巧也是值得讚揚的。

茅盾很欣賞和推崇安徒生的童話。他曾翻譯安徒生的《皇帝的衣服》（刊於《小說世界》週刊一卷三期，1923 年 1 月）[99]；翻譯了《雪球花》（刊於《文學月刊》四卷一期，1935 年 1 月）[100]；同年四月又寫成《讀安德生》一文，讚揚安徒生童話的寫作技巧 [101]。1979 年 12 月茅盾在《少兒文學的春天到來了！》一文裏，再一次回顧 1960 年兒童讀物的偏差情況，主張以安徒生為學習榜樣，要求兒童文學作家提高自己作品的思想性和藝術性。他說 [102]：

「前事不忘，後事之師」；回顧這一段往事，是要總結經驗，解決思想，開闢新路。一九六零年那些少年兒童文學的題材仍可應用（當然要用那些為四個現代化服務的題材），但必須注意作品的藝術性，使其生動活潑，雖然達不到安徒生童話的高水平，但至少要學習安徒生的童話，吸取其精華，化為自己的血肉。

這些話雖是 1979 年說的，卻是茅盾一貫的主張。他早年的童話作品，也是和他的主張一致的。

魯迅也是十分喜愛童話的。早在 1909 年 2 月，魯迅還在日本讀書時便和周作人合譯了《域外小說集》二冊，在日本出版。其中第一篇便是英國王爾德的童話《安樂王子》。由周作人翻譯，這是中國最早翻譯的王爾德童話 [103]。

茅盾和魯迅還有一點很相像的是，他們在翻譯童話之前，都翻譯過科學小說。魯迅在 1903 年和 1905 年先後翻譯了法國凡爾納的《月界旅行》和《地底旅行》。此後他翻譯的大部分是童話，再也沒有翻譯科學小說了。茅盾在編譯《童話》之前，最早翻譯的科學小說是《三百年後孵化之卵》，刊於《學生雜誌》月刊四卷一、

二、四號（1917 年 1 月 20 日至 4 月 5 日）。後來又翻譯了《兩月中之建築譚》，刊於《學生雜誌》月刊五卷一至四，六、八、九、十二號（1918 年 1 月 5 日至 12 月 5 日）[104]。此後他便致力於編纂《童話》第一集和中外神話的翻譯和研究，再也沒有翻譯科學小說了。

孫毓修是中國編輯兒童讀物的第一人，而茅盾從事兒童文學的工作是從幫助孫毓修編輯《童話》叢書開始的。從 1918 年至 1923 年，茅盾編撰了二十八篇童話，他在改編中國民間故事、吸收外國童話和創作童話三方面，都有了嘗試，為「五四」時期的童話發展開闢了三條途徑，這是一般評論者對他的評價 [105]。

3. 葉聖陶（1894-1988）

1935 年上海生活書店出版了平心編輯的《全國兒童少年書目》，裏面收錄了三千種兒童少年讀物。其中創作童話只有六種，計有葉紹鈞（葉聖陶）的《稻草人》和《古代英雄的石像》，朱星如著的《石獅》、謝六逸著的《彗星》，孟堯松著的《燈花仙子》和張天翼著的《大林和小林》[106]。

張梓生認為「中國出版的單行童話，要算商務印書館的《無貓國》為最早。[107]」從 1909 年的《無貓國》開始，中國透過翻譯引進了不少外國童話，可是創作童話卻十分缺乏，到了 1935 年，也才只有六種。而其中最著名和具有深遠影響力的首推葉聖陶的《稻草人》。

魯迅於 1935 年在《錶》的《譯者的話》裏曾這樣評價《稻草人》[108]：

> 十來年前，葉紹鈞先生的《稻草人》是給中國的童話開了一條自己創作的路的。不料此後不但並無蛻變，而且也沒有人追蹤，倒是拚命的在向後轉。看現在新印出來的兒童書，依然是司馬温公敲水缸，依然是岳武穆王脊樑上刺字；甚而至於「仙人下棋」「山中方七日，世上已千年」；還有《龍文鞭影》裏的故事的白話譯。這些故事的出世的時候，豈但兒童的父母還沒有出世呢，連高祖父母也沒有出世，那麼，那「有益」和「有味」之處，也就可想而知了。

魯迅這番話是因為看了《金時計》的譯者序言，有感而發的。當時日本所讀到的外國童話，幾乎都是舊作品。「總之，舊的作品中，雖有古時候的感覺、感情、情緒和生活，而像現代的新的孩子那樣，以新的眼睛和新的耳朵，來觀察動物、植物和人類的世界者，卻是沒有的。[109]」

圖 5　葉聖陶《稻草人》（上海：商務印書館，1923 年 11 月）書影，創作於 1922 年。
魯迅：「葉紹鈞先生的《稻草人》是給中國的童話開了一條自己創作的道路。」

魯迅翻譯《錶》的目的，就是要把這個「嶄新」的童話，介紹給中國的父母、教師、教育家和童話作家作參考。其實，《錶》的「嶄新」，乃在於它是一篇有時代氣息的兒童寫實小說（Realistic fiction）。當時，以現實生活為題材的兒童文學作品十分少有，而其中最有影響力的，就只有葉聖陶的童話了。

《稻草人》發表於 1922 年，被公認為中國第一篇優秀的現實主義童話。從 1921 年寫的第一篇童話《小白船》起，到 1936 年為止，葉聖陶總共創作了四十多篇童話。1923 年出版的第一本童話集就以《稻草人》命名，1931 年又出版了第二本童話集《古代英雄的石像》[110]。

1935 年魯迅說葉聖陶的《稻草人》「給中國的童話開了一條自己創作的路」，他的意思是希望中國作家注重兒童文學的創作，同時也慨歎自葉聖陶的《稻草人》出版以後，十多年來，中國兒童文學的創作仍然寥寥可數。而魯迅所說的《稻草人》其實也不單指《稻草人》這篇童話，他是指以《稻草人》為名的童話集，因為葉聖陶的第一篇創作童話是《小白船》。魯迅並沒有詳細評論葉聖陶的童話，倒是後來的人在他這句為「中國的童話開了一條自己創作的路」作了不少的解釋。

蔣風在《試論葉聖陶的童話創作》一文中說 [111]：

葉聖陶的童話創作，雖然在某些方面也曾受安徒生、王爾德、愛羅先珂的童話作品的影響，但決不是西歐童話的模製或翻版。他的童話的絕大部分，思想內容上是當時中國社會現實生活的反映；藝術風格上具有一定的民族特色，並且有獨特風格的一種嶄新的藝術創造。

蔣風又認為葉聖陶的創作童話，對當時「反動的兒童文學理論」有着巨大的「戰鬥作用」。所謂「反動的兒童文學理論」，是指「『五四』以後，在中國兒童文學領域內出現一股逆流，那就是以胡適和周作人為代表的一夥資產階級『學者』，他們大事販賣以資產階級的偽『兒童學』為基礎的反動的兒童文學理論。他們以為兒童文學可以沒有內容，可以單純為了娛樂，可以不管教育的任務，企圖藉此閹割兒童文學的思想性，否認兒童文學的教育作用。」[112] 蔣風接着解釋葉聖陶童話的「戰鬥作用」說 [113]：

正當這種反動的論調有着比較廣闊的市場，左右了「五四」至「左聯」成立這一時期的兒童文學的批評和創作之際，葉聖陶卻以一個革新者的姿態，寫了如《稻草人》及以後許多篇具有深刻思想性的現實主義的童話作品，這行動本身就是一個鬥爭。作者以他的創作實踐來和反動的兒童文學理論作鬥爭，而這又是處於當時和右翼資產階級文學的鬥爭幾乎是魯迅先生孤軍作戰的情況下，就更顯出葉聖陶這一創作實踐，對於兒童文學領域內兩條道路鬥爭的重大意義。

蔣風認為葉聖陶能走上童話創作的路，是由於兩個有利的因素 [114]：

一方面是他長期生活在孩子們中間，使他深透地理解孩子們的心靈，了解孩子們的需要，使他能保持着孩子們對待事物的那種特別的敏感和異常豐富的想像力。另一方面，由於小學教師比較能自由地接近社會基層的廣大人民，使他能擴大視野，擴大生活知識；使他能冷靜地觀察人生，客觀地、眞實地認識那個醜惡的社會的現世相，感受到廣大人民生活的疾苦。這些因素，使葉聖陶童話成了豐富的詩意的幻想和強烈的社會批判的內容的交織，擺脫了模製西歐童話的窄道，抵制了反動的兒童文學理論的影響，為「中國的童話開了一條自己創作的路」。

樊發稼在《葉聖陶和他的童話代表作〈稻草人〉》一文中引用魯迅的話讚譽葉聖陶的童話說 [115]：

著名童話《稻草人》創作和發表於一九二二年。這是我國第一篇優秀的現實主義童話；也是葉聖陶的童話代表作。

魯迅於一九三五年在《錶·譯者的話》中指出：「十來年前，葉紹鈞先生的《稻草人》是給中國的童話開了一條自己創作的路的。」魯迅在回顧和總結「五四」以後十幾年間我國兒童文學發展道路時說的這番話，概括了葉聖陶在開創我國新童話創作中不可磨滅的貢獻。

樊發稼更進一步說 [116]：

在葉聖陶之前，我國基本上還沒有眞正稱得上是童話的兒童文學作品，當時的小讀者所能讀到的，除了我國一些傳統的民間故事、傳說和神話外，就是剛剛被翻譯介紹過來的為數不多的外國童話。以《稻草人》為代表的反映現實生活的葉聖陶的童話，在中國現代兒童文學史上，具有重要的里程碑意義，使那些脫離實際、盲目摹仿外國作品，公式化嚴重的「創作」黯然失色。葉聖陶的童話，明確地顯示了現實主義兒童文學的方向，開創了我國兒童文學的新天地。葉聖陶是第一個用童話這一個文學樣式反映現實生活的作家，他是我國現實主義童話創作的拓荒者和奠基人。

浦漫汀在《童話創作四題》中提出四個問題：一是幻想性，二是現實性，三是情感性，四是民族性。他引魯迅的話，認為《稻草人》開創了富有民族風格的童話 [117]：

「給中國的童話開了一條自己創作的路」的葉聖陶的《稻草人》主要特點就是民族風格。這當然與語言有關，但重要的是作家從我國人民和兒童的現實生活中擷取了題材，提煉了主題，深刻地反映了我們民族的思想感情和在三座大山壓迫下的悲慘遭遇。

至於葉聖陶創作童話的經過，在距離他創作第一篇童話《小白船》（1921 年 11 月 15 日）差不多六十年之後，1980 年他在《我和兒童文學》一文中憶說 [118]：

我寫童話，當然是受了西方的影響。「五四」前後，格林、安徒生、王爾德的童話陸續介紹過來了。我是個小學教員，對這種適宜給兒童閱讀的文學形式當然會注意，於是有了自己來試一試的想頭。還有個促使我試一試的人，就是鄭振鐸先生，他主編《兒童世界》，要我供給稿子。《兒童世界》每個星期出一期，他拉稿拉得勤，我也就寫得勤了。

這股寫童話的勁頭只持續了半年多，到第二年六月寫完了那篇《稻草人》為止。為甚麼停下來了，現在說不出，恐怕當時也未必說得出。會不會因為鄭先生不編《兒童世界》了？有這個可能，要查史料才能肯定。[119]

葉聖陶對於自己的童話，則有以下的說法 [120]：

《稻草人》這本集子中的二十三篇童話，前後不大一致，當時自己並不覺得，只在有點兒甚麼感觸，認為可以寫成童話的時候，就把它寫了出來。我只管這樣一篇接一篇地寫，有的朋友卻來提醒我了，說我一連有好些篇，寫的都是實際的社會生活，越來越不像童話了，那麼淒淒慘慘的，離開美麗的童話境界太遠了。經朋友一說，我自己也覺察到了。但是有甚麼辦法呢？生活在那個時代，我感受到的就是這些嘛。所以編成集子的時候，我還是把《稻草人》這個篇名作為集子的名稱。

葉聖陶只是用童話這種文學體裁來訴說他所感受的淒慘人生，他忽略了他的讀者對象是兒童，因而缺乏了兒童趣味，只能說是成人童話。他自己也覺察到了這個缺點。

那麼，鄭振鐸對葉聖陶的童話又有怎樣的看法呢？他說 [121]：

聖陶最初動手作童話在我編輯《兒童世界》的時候。那時，他還夢想一個美麗的童話的人生，一個兒童的天真的國土。我們讀他的《小白船》《傻子》《燕子》《芳兒的夢》《新的綠》及《梧桐子》諸篇，顯然可以看出他努力想把自己沉浸在孩提的夢境裏，又把這種美麗的夢境表現在紙面。然而，漸漸地，他的著作情調不自覺地改變了方向。他在去年一月十四日寫給我的信上曾說：「今又呈一童話，不識嫌其太不近於『童』否？」在成人的灰色雲霧裏，想重現兒童的天眞，寫兒童的超越一切的心理，幾乎是個不可能的企圖。聖陶的發生疑惑，也是自然的結果。我們試看他後來的作品，雖然他依舊想用同樣的筆調寫近於兒童的文字，而同時卻不自禁地融化了許多「成人的悲哀」在裏面。固然，在文字方面，兒童是不會看不懂的，而那透過紙背的深情，兒童未必便能體會。大概他隱藏在他的童話裏的「悲哀」分子，也與柴霍甫（A. Tchekhov）在他短篇小說和戲曲裏所隱藏的一樣，漸漸地，一天一天地濃厚而且增加重要。他的《一粒種子》《地球》《大喉嚨》《旅行家》《鯉魚的遇險》《眼淚》等篇，所述還不很深切，他還想把「童心」來完成人世間所永不能完成的美滿的結局。然而不久，他便無意地自己拋棄了這種幼稺的幻想的美滿的「大團圓」。如《畫眉鳥》，如《玫瑰和金魚》，如《花園之外》，如《瞎子和聾子》，如《克宜的經歷》等篇，色彩已顯出十分灰暗。及至他寫到快樂的人的薄幕的破裂，他的悲哀已造極頂，即他所信的田野的樂園此時也已摧毀。最後，他對於人世間的希望便隨了稻草人而俱倒。「哀者不能使之歡樂」，我們看聖陶童話裏的人生的歷程，即可知現代的人生怎樣地淒涼悲慘；夢想者即欲使它在理想的國裏美化這麼一瞬，僅僅一瞬，而事實上竟不能辦到。

樊發稼在《葉聖陶和他的童話代表作〈稻草人〉》一文中解釋這種「成人的悲哀」說 [122]：

我們讀《稻草人》，通過稻草人這個童話人物形象以及通過他在特定環境中的所作所為，心理活動和思想感情，就會自然地想起二十年代初期一些具有小資產階級民主主義思想的知識分子，他們對現實不滿，對人世間的種種災難和不平痛心疾首，對受苦受難的勞苦大眾無限同情；但是他們在這種嚴酷的現實生活面前，只能悵惘歎氣，悲憤流淚，只能自歎「我是個柔弱無能的人哪」，而找不到徹底變革現實的途徑。他們憧憬光明，但對眼前的黑暗又顯得束手無策。這便是「稻草人」象徵的一種內涵。

樊發稼認為「象徵是童話藝術中由現實到幻想，又從幻想到現實的橋樑。象徵實際上就是一種隱喻，一種藝術暗示」，可是，假若我們站在兒童的立場來看《稻草人》這篇童話，便會發覺這些「象徵」是兒童所無法領悟的。那麼，從兒童文學的角度看，便不能說是一篇適合兒童欣賞的童話，也不能說是一篇成功的兒童文學作品了。

魯迅是在 1935 年翻譯《錶》的。早在 1921 到 1923 年間，他曾經翻譯了愛羅先珂的十三篇童話。陳伯吹認為葉聖陶的童話是受了愛羅先珂的影響的 [123]：

魯迅先生在介紹《錶》以前，也還曾經翻譯過《愛羅先珂童話集》。這位「叫徹人間的無所不愛，然而不得所愛的悲哀」的、蒙着「悲哀的面紗」的詩人所寫的童話，帶着傷感的氣氛，有着憂鬱的調子，幻想成分不強，故事平坦，節奏也緩慢，一般說來，思想涵義較深，不是兒童所能領會的，情節也不會使兒童喜愛。所以依魯迅先生的意見，只選擇《狹的籠》《池邊》《鵰的心》《春夜的夢》等四篇 [124]。然而就是這些篇頁，也只有相當初中以上程度的讀者才能理解和接受。

我總覺得葉聖陶先生在 1928-1932 年裏所寫的兩個童話集《古代英雄的石像》和《稻草人》[125]，無論讀他的《小白船》《芳兒的夢》《梧桐子》《鯉魚的遇險》等篇，也多少有這樣的味兒。而且，早在愛羅先珂童話被翻譯以前，王爾德的「新童話」已經被介紹過來，其中《快樂王子》《自私的巨人》《夜鶯與玫瑰》，是為一般愛好文藝的讀者們所熟悉的，印象相當深，影響也相當大。因而葉先生那樣詩意、美麗和樸素的作品，是否也受了這兩位童話作家的影響呢？也可能葉先生與愛羅先珂在寫童話的時代和社會背景也差不離，所以在題材上、風格上也很接近吧。曾經就這件事和葉先生閒談過這樣的問題。他回答得好：「當然說不出有甚麼直接的影響，在執筆的時候也沒有想到過它們；可是既然看過，不能就說絕對沒有影響。正像廚子調味兒，即使調的是單純的某一種味兒，也多少會有些旁的吧。」

陳伯吹認為愛羅先珂童話中的「悲哀」「傷感」和「憂鬱」，都不是兒童所能領會的，因此魯迅並沒有把愛羅先珂的童話全譯過來。既然葉聖陶的童話在題材和風格上都很接近愛羅先珂的童話，那就是說這些童話也都不是一般兒童讀者所能懂得的了。陳伯吹是相信魯迅也有同感的。

王相宜在《一首為大眾苦難控訴的詩 —— 讀葉聖陶的 < 稻草人 >》中就當時的社會背景來加以評論 [126]：

作為中國現代兒童文學創作的開拓者葉聖陶，以他的心血和才華，第一個寫出了具有中國氣派的童話作品。正如魯迅所說：「葉聖陶給中國童話開了一條自己創作的道路。」在以往的一些評論中，人們只注意到他傾訴了人世間的痛苦，而忽略了他隱藏在作品中的對未來的希望；只注意他對舊社會的憤憤地詛咒，而忽略了他的反抗精神。因而對他的作品似乎還沒有作出較為全面的恰如其分的評價。

葉聖陶的童話正是遵照他自己的主張而創作的。他所描繪的像是幻夢般的童話世界，其實是現實的生活。他讓小讀者以至大讀者都能在他所展現的生動而逼真的藝術境界裏，切實地領會到窮苦大眾面臨絕境的痛苦生活。《稻草人》是他童話創作中最為優秀的作品之一。它以鮮明而又深刻的思

圖 6　文學研究會叢書《愛羅先珂童話集》（上海：商務印書館，1922 年 7 月）書影。

想，以獨特的藝術魅力享有盛譽。它標誌着作家的創作開闢了一個新的境界，也就是把童話作為反映勞苦大眾的悲慘命運的一種藝術手段。因為他為中國現代兒童文學創作樹起了一塊里程碑。在這塊碑文裏書寫着這樣的幾個大字：中國兒童文學從此起步！

《稻草人》發表於一九二二年六月，刊登在鄭振鐸主編的《兒童世界》上。這時，俄國十月革命早已取得勝利，對中國的新文藝運動已經產生了顯著的影響。中國的新文學作家雖然還沒有指出勞苦大眾應該如何去奮鬥，但是新的創作題材和新的創作構思正在不斷地湧現。葉聖陶在「五四」時期開始，便注意到工農大眾的苦難生活，而且為被壓迫羣眾的不幸而吶喊。就在魯迅的不朽名著《祝福》等問世的年代裏，葉聖陶的《稻草人》也莊嚴地提出了一個重要的社會問題：必須正視和關心中國最廣大的貧苦農民的處境。如果從這一角度來閱讀，我們就更容易理解到這篇童話可貴的不朽的價值。

王相宜說得不錯，葉聖陶在《稻草人》裏提出了一個重要的社會問題。今天的兒童文學作品，很多取材自社會問題，例如貧窮、飢餓、疾病、戰爭、離婚、吸毒、男女不平等、種族歧視、環境污染等，都是人類社會的重大問題。目前的電視節目也多取材於這些社會問題，今日的兒童則通過電視而過早接觸這類問題了，甚至有些身受其害。像成人文學一樣，兒童文學也不單寫生活的光明面，也暴露社會的黑暗面。可是在處理這種題材的手法上便得格外照顧兒童的心理，除了適合兒童的理解能力外，還應幫助兒童認識清楚這些社會問題，並且給予適當的教導。

洪汛濤也認為童話不應該只是寫美麗的境界，同時應該反映實際的生活。他在《童話學講稿》裏這樣評價《稻草人》[127]：

《稻草人》是一個富有時代精神，深刻揭示社會矛盾的童話，它寫出了人民的心聲，它是眞實的，這是這個童話的思想性和進步性，是這個童話的存在價值。

將童話納入人民的呼聲裏，反映民間的疾苦，觸及社會的利弊，和時代、社會、人民緊密相連，合為一體，是這個童話成功之處。

童話和時代、社會、人民緊緊結合，當以《稻草人》為始篇。

當時，一些詩人、畫家躲在象牙塔的沙龍裏，對社會上的種種不平等現象視若無睹，而葉聖陶則見到這一切，他同情、憤慨，雖然他愛莫能助，但他畢竟喊出了「天哪，快亮吧！」這樣的呼聲。這是很難能可貴的。

在中國現代童話史上，葉聖陶的童話佔有一重要席位。魯迅說「葉聖陶給中國童話開了一條自己創作的道路」，這話是不錯的。「自己創作」的歷史意義在於從此不再過分依賴翻譯外國童話和編寫本國古典童話，而努力於創作新的，有民族特色的童話。至於怎樣創作和取材，魯迅並沒有明確說明，於是，童話作家只好自己去探索了。

4. 張天翼（1906-1985）

葉聖陶的童話集《稻草人》於 1923 年 11 月出版後，給中國現代童話開了一條新路。此後，在童話創作方面有一定成就和影響的，首推張天翼，但中間也隔了十年。1932 年 1 月 20 日，張天翼的第一個童話《大林和小林》，在《北斗》第二卷第一期起連載，1933 年 10 月由上海現代書局印為單行本。此後也曾多次給幾個出版社印行，書名曾一度改為《好兄弟》[128]。

張天翼的第二個創作童話名為《禿禿大王》，1933

年 3 月 1 日在《現代兒童》第三卷第一期起至 8 月 16 日第三卷第十二期連載，因被當時政府查禁，並沒有登載完。直到 1936 年 9 月，上海多樣社出版《禿禿大王及好兄弟》時，才算全部面世 [129]。

魯迅於 1936 年 10 月 19 日病逝於上海，其時《大林和小林》和《禿禿大王》已先後出版。張天翼與魯迅的關係十分密切。他開始從事文學創作時，便得到魯迅的幫助和指導。雖然魯迅並沒有特別為這兩個童話寫過甚麼評論，但張天翼的寫作是很受魯迅影響的。這兩篇童話也不例外。

張天翼在《自敍小傳》中舉了幾個對他影響最大的作家，其中中國作家只有魯迅一人 [130]：

> 對我影響最大的作家有狄更斯、莫泊桑、左拉、巴比塞、列夫·托爾斯泰、契訶夫、高爾基和魯迅；蘇俄新作品，特別是法捷耶夫的《毀滅》（英文本譯為 *The Nineteen*），對我也有巨大的影響。

1926 年，張天翼二十一歲，考入北京大學預科。他花了很多時間閱讀新出版的各種中外文藝書籍和報刊雜誌，也練習寫作。當時他已有自己的文學主張。他「不贊成『為文藝而文藝』，認為文學應當是真實的反映人生，描寫人生。欣賞魯迅的小說，如《狂人日記》《阿Q正傳》，喜讀《儒林外史》《西遊記》兩書。」[131]

從1929年1月開始，張天翼與魯迅經常通信。有時也寄稿件給魯迅評閱及發表。他的短篇小說《三天半的夢》發表在魯迅、郁達夫主編的《奔流》一卷十號上（1929年4月24日）。這篇作品在發表前曾寄給魯迅看。魯迅認為可以發表，不過有些地方還不十分成熟，並鼓勵他多寫[132]。

1932年5月22日魯迅寫信給日本友人增田涉，推薦張天翼的作品，收在增田涉選編的《世界幽默全集》裏。信裏說[133]：

作者是最近出現的，被認為有滑稽的風格。例如《皮帶》《稀鬆（可笑）的戀愛故事》。

8月9日魯迅在給增田涉的信中也這麼說[134]：

張天翼的小說過於詼諧，恐會引起讀者的反感，但一經翻譯，原文的討厭味也許就減少了。

魯迅很關心張天翼的作品，不時加以批評。1933年1月9日，他在給王志之的信裏說[135]：

譯張君小說，已託人轉告，我看他一定可以的，由我看來，他的近作《仇恨》一篇頗好（在《現代》中），但看他自己怎麼說罷。

張天翼對於魯迅給他作品的評價，也很重視。1933年1月16日張天翼聽說魯迅覺得他的小說有時失之油滑，便寄一信給魯迅，向他請教 [136]。魯迅在回信中說 [137]：

你的作品有時失之油滑，是發表《小彼得》那時說的 [138]，現在並沒有說；據我看，是切實起來了。但又有一個缺點，是有時傷於冗長，將來彙印時，再細細的看一看，將無之亦毫無損害於全局的節、句、字刪去一些，一定可以更有精彩。

1934年7月14日，魯迅又和茅盾寫信給美國人伊羅生，向他介紹張天翼等人的作品 [139]。

從1929年張天翼開始與魯迅通信之後，一直到1936年4月10日，才在上海第一次與魯迅會面 [140]。當時魯迅已患病，並於10月19日逝世。張天翼再從南京趕到上海，參加喪儀與追悼活動，為扶靈入葬的青年作家之一 [141]。

張天翼與魯迅的關係是非常密切的。他景仰魯迅，而魯迅也很賞識他，不時指導和扶掖。所以司馬長風說張天翼是魯迅的忠實弟子 [142]：

中國文壇上，有好多作家刻意學魯迅，或被人稱為魯迅風的作家，但是稱得上是魯迅傳人的只有張天翼，無論在文字的簡練上，筆法的冷儁上，刻骨的諷刺上張天翼都較任何向慕魯迅的作家更為近似魯迅。

張天翼忠實學習魯迅，可從他 1933 年所寫《創作的故事》一文中自述的信條看得真切 [143]，他說：

1. 不相信寫作的靈感天才；
2. 不相信甚麼小說作法之類的東西；
3. 不寫叫人看不懂的象徵派的東西；
4. 不浪費筆墨來寫無關宏旨的自然景物；
5. 不寫與主題無關的細微末節。

將這五個信條拿來與魯迅的《創作要怎樣才會好》（答《北斗》雜誌社問）及《我怎麼做起小說來》（《南腔北調集》）比看一下，立刻就明白每一條都淵源有自了。

張天翼一向被稱為現實主義作家，而他自己在《創作的故事》裏也坦言「想學習寫寫現實世界裏的真正的事。」[144] 王淑明說「在張天翼的作品裏，是有着現實主義的傾向的。這傾向而且通過他的一切作品；連他的那些童話，例如《大林和小林》，都多少反映着客觀現實的表象的。」[145]

胡風也說張天翼「始終是面向着現實的人生，從沒有把他的筆用在『身邊瑣事』或『優美的心境』上面。」[146] 在談到張天翼的兒童文學作品時，胡風說 [147]：

> 他的熟悉兒童心理和善於捕捉口語，使他在兒童文學裏面注入了一脈新流，但我們還等待他去掉不健康的詼謔和一般的觀念，着眼在具體的生活樣相上面，創造一些現實味濃厚的作品，從洪水似的有毒的讀物裏面保護那些天眞的讀者。

魯迅認為張天翼的小說「過於詼諧」，而在兒童文學作品中，這樣的風格在胡風看來更是「不健康的詼謔」了。為了「保護那些天真的讀者」，他期望張天翼寫些更有現實味的兒童文學。胡風顯然不大欣賞張天翼的童話中誇大、幽默、詼諧的手法。

其實，張天翼為兒童寫作時，他心中給自己訂下了兩個標準 [148]：

要讓孩子們看了能夠得到一些益處，例如使孩子們能在思想方面和情操方面受到好的影響和教育，在他們的行為和習慣方面或是性格品質的發展和形成方面受到好的影響和教育，等等。這是為孩子們寫東西的目的，為了達到這個目的，那麼還要—— 要讓孩子們愛看，看得進，能夠領會。

寫作時候的一切勞動、苦功，以至藝術上的考究，技巧上的考究等等，也都是為這兩件事服務的。除開這兩件事—— 兩個標準以外，老實說，我就不去考慮了。

張天翼一再強調，他為孩子們寫作便是按照上述兩個標準的 [149]：

在一九三三年我寫的第一篇兒童文學作品—— 童話《大林和小林》，到一九五六年寫的童話《寶葫蘆的祕密》，在這二十幾年裏，我寫兒童文學作品，就是按照這兩條標準去寫的。雖然，寫出來的東西距這兩條標準還較遠，特別是解放前的作品，寫作目的還不那麼明確、自覺，在藝術上也很粗糙，但卻是朝這個目標去努力的。

張天翼是在寫小說已有成就，在文壇站穩腳跟後才開始兒童文學創作的。他的第一篇兒童文學作品便是童話《大林和小林》，發表於 1932 年的《北斗》雜誌上，當時他二十七歲。第二年（1933 年），他又發表了第二篇長篇童話《禿禿大王》。他是借童話這種獨特的文學形式來諷喻人生，針砭社會的。

為甚麼採取童話這種文體來寫現實生活呢？張天翼說 [150]：

我只是為了方便，才這麼辦的。你說這所寫的不過是個比方，是個譬喻，也可以。說是個幻想故事，也可以。我之所以要這麼寫，無非為了更容易表達出我那個想要表達的思想內容，為了想把這個思想內容表達得更集中，更恰當，更明顯，更為孩子們所能領會。

要不然，我不會想到要這麼寫。

只看是甚麼思想內容，甚麼題材，寫給哪種讀者看，這才決定怎麼樣寫，用怎樣一種表現形式。我可從來沒有去想過這配不配叫做童話或其他的甚麼甚麼。

至於張天翼寫作童話的動機又是甚麼呢？日本學者伊藤敬一有這樣的看法 [151]：

他為甚麼開始寫起童話來了呢？這是個難以回答的問題，因為張天翼是位甚至可以說絕對不直接談論自己的作家。在他的評論和雜文，或者作品的前言 —— 這個也不太多 —— 中所能見到的，只是客觀的事實和客觀的意見，而對自己卻始終閉口不談。

所以，他為甚麼開始寫童話的問題，直接從他自己的著作中，是無法了解到的。而我卻認為，他的創作方法，必然使他進入童話世界。

他的創作方法，有時使人自然地想到畫家的創作方法。（事實上，他在中學畢業後曾經學習過繪畫。）

他從客觀的現實中，選擇那種雖屬細小但很生動的題材，首先決定主題和場面。然後只是選擇人物或事件的某些現象，按照自己的感覺所捕捉到的樣子加以描寫。

他以此種方法，給上海文壇帶來新風，從而有人稱他為「新人張天翼」，或者認為他的方法是超出以往的現實主義、浪漫主義的「新現實主義」（李易水《新人張天翼的作品》，載《北斗》第一卷第一期）。他以這種嶄新的方法，在創作技巧上作了種種大膽的試驗。若是對照日本的情況來說，他的這種方法，與其說是「新現實主義」，倒不如說他更接近於「新感覺派」。我認為他是將童話作為創作技巧的一個試驗場地而加以運用的。因為兒童的感覺可以成為不為社會的既成觀念所歪曲，像一張白紙一般完全純粹的媒介體。通過這一媒介體描繪社會時，不正是可以用非常鮮明的形象來揭示社會的本質嗎？若是把兒童的感覺加以誇張並導入童話因素的話，把官吏、警察、資本家描寫成狐狸、狗、妖怪，有甚麼不好呢？這樣，表面上看來，是一個不合理的空想世界，同時又是一個合理的非常有趣的戲劇化了的社會。我認為這大概就是他開始寫童話的動機。

伊藤敬一認為張天翼的現實主義童話是他的小說的延續。他寫作童話的動機便是以兒童的感覺為媒介來揭示社會的本質，結果產生了中國最早的現實主義童話 [152]。他又認為張天翼着手寫起童話來是具有另外一種意義的，那就是 [153]：

能夠從中國的現實之中發現人類解放的希望的只有兒童的世界這種題材。包括張天翼在內的中國作家，是把文學的要求和政治的要求以一種不可分割的形式密切結合在一起的。

金江在《談張天翼的童話》一文中，對張天翼童話的評價，和伊藤敬一的說法也正相合 [154]：

張天翼的童話具有鮮明的政治立場和豐富的社會內容，以新穎的藝術方法，勇敢地突破了舊的傳統，表現了當時社會生活最重大的主題，為我國童話創作開闢了一條新路。

張天翼以現實主義的創作方法，從現實生活裏攝取最重要而且急需反映的題材，結合濃厚的浪漫主義色彩，創作出新穎而又具深刻現實意義的長篇童話。他的童話不但具有強烈的時代精神和濃厚的生活氣息，而且以鮮明的愛和憎來教育孩子，來教育我們寄託着無限希望的下一代。

誠如伊藤敬一所說，張天翼是絕對不直接談論自己的作家，一直到他的第一篇童話發表後約五十年，他才憶述在三十年代寫作童話的動機、社會背景和目的[155]：

寫《大林和小林》以及《禿禿大王》《金鴨帝國》等童話，那是在解放前的舊社會，日本帝國主義者已經發動了「九・一八」事變，侵佔了中國的大量土地，但是國民黨蔣介石政府實行不抵抗主義和賣國投降的政策，中國人民過着受欺侮、受壓迫的苦難生活，但是當時在少年兒童中流行着一些童話故事，不是甚麼「從前，有一個國王，有三個兒子」，就是「兄弟倆，哥哥富，弟弟窮，哥哥欺負弟弟。後來因為有神仙、菩薩（或者天使）保佑，弟弟變成了富翁，哥哥窮了……」。要不，就是「從前有一個孩子，爸爸媽媽都死了，沒有錢，還受人欺負，後來這孩子也變成了富翁……」怎麼變的？也是有天使幫助他，或者神仙送一個葫蘆，他只要把葫蘆一摔，就有幾個魔鬼來替他做事……這些故事訴諸給小讀者的，就是做一個不勞而獲的大富翁最幸福，而且用不着唸書，用不着幹活做事，受了欺侮也不要反抗，只等着神仙來幫助就是。這些東西在當時那個社會裏對小讀者能起甚麼作用，是很清楚的，有的人就是上了當，被欺侮了一輩子，等了一輩子，神仙、菩薩也沒有來過。這些故事有的就是那些欺侮人的人編的，或者是想拍欺侮人的人的馬屁而編的。

為了反其道而行之，我在《大林和小林》以及《禿禿大王》等童話中就是專門告訴小讀者做富翁的「好處」，求神仙的「好處」。—— 大林一心要做一個「吃得好，穿得好，又不用做事情」的「有錢人」，最後因為甚麼本事也沒有，餓死在富翁島。《禿禿大王》中出現的「神仙」是靠不住的，使受苦受難的人們上了當，受了騙。只有像小林、喬喬、冬哥兒、小明那樣起來反抗，消滅所有的剝削、壓迫他們的「四四格」，打倒「禿禿大王」和他的狐羣狗黨，才能眞正過好日子。

張天翼說明他當時為兒童寫作的目的是 [156]：

總之，當時寫童話也罷，寫小說也罷，就是使少年兒童讀者認識、了解那個黑暗的舊社會，激發他們的反抗、鬥爭精神，使他們感到做一個不勞而獲的寄生蟲多麼可恥和無聊。

洪汛濤在《童話學講稿》一書裏，對張天翼的童話這麼說 [157]：

距《稻草人》發表後九年（1923 年到 1932 年），張天翼的《大林和小林》發表了。童話又進入了一個新階段，也可說是童話創作上的又一個高峯。

《大林和小林》的意義，在於它說明了童話已經成長了，它從短篇進入了長篇，標誌着童話創作水平的發展。從短篇發展到長篇，不應該看成只是字數上的增加，而應該看到童話在藝術上的日趨成熟。

如果說《稻草人》反映了當時社會的一個農村的側面，描繪了人民的災難和疾苦；那麼，《大林和小林》在題材面上更加擴大了，它涉及了農村和城市，包括了更為廣泛的社會面和生活面。而且在思想主題上，也更為深化了。它觸及各色人物的心扉和靈魂，揭示了何去何從的生活方向和人生道路。從哲學的人生觀上，不只描繪了社會，而且剖析了社會。作家以他犀利的筆鋒，刺入時弊的痛處，撥動了社會麻木的脈搏，使一些人欣喜，一些人惱怒。這是一篇具有強烈時代精神的好作品。

洪汛濤特別強調《大林和小林》的思想性 [158]：

這一作品，是舊中國社會的寬闊畫卷，當然作者沒有用寫實手法，而是用了童話的幻想的手法。它把舊中國人剝削人、人奴役人、人吃人的社會眾生相，躍然繪於紙上。

這一作品，指出了擺在每個人面前供選擇的兩條道路。一條是像大林那樣，一心圖利，夢想發財，最後孤單地死於金錢堆裏。一條是像小林那樣，要以自己的勞動來過活，同時，團結更多的窮苦人，一起來作眞正的、敢於反抗的叛逆者，這才是一條光明的正路。

所以，這一童話，題材是廣闊的，思想是深刻的。

它不但描繪了社會，而且為社會指出了出路。

張天翼的童話為當時生活於黑暗社會的中國人指出「一條光明的正路」，這是十年前葉聖陶的創作童話所沒有的。《稻草人》充滿了灰暗的成人的悲哀和無奈，二十年代的知識分子「在嚴酷的現實生活面前，只能悵惘歎氣，悲憤流淚，只能自歎『我是個柔弱無能的人哪』，而找不到徹底變革現實的途徑。他們憧憬光明，但對眼前的黑暗又顯得束手無策 [159]」。可是張天翼的童話卻具有積極進取的意義。這是中國創作童話的一大進步。

張天翼的第二個長篇童話《禿禿大王》發表於 1933 年，距《大林和小林》只相隔一年。《禿禿大王》可以說是《大林和小林》的續篇。洪汛濤說 [160]：

《禿禿大王》和《大林和小林》，可以說是一對姐妹篇，這個作品也是描繪了當時革命波瀾壯闊的一幅社會圖。禿禿大王這個統治者，豢養着一羣貪婪、兇殘的走狗，操縱着人民的生死券，自己卻過着奢侈、無恥的生活。那些走狗們，有的貪財吝嗇，有的專事奉承，有的虐待成狂，有的糊塗低能，等等。這些都是當時統治階層的寫照。這些吸血鬼和寄生蟲，在張天翼的筆下，他們的嘴臉都暴露無遺。同時，這作品也指出，被踩在腳下的人們去求神拜佛都沒有用，只有大伙兒團結起來，衝破禿禿宮，打倒禿禿大王，才有生存下去的活路。

雖然伊藤敬一認為《禿禿大王》是一篇失敗的作品 [161]，但洪汎濤卻給予極高的評價。他說 [162]：

其實，伊藤敬一的揚「大」抑「禿」的觀點，人們是不能同意的。這篇作品的幻想和現實結合得比較自然，並沒有貼膏藥，打補丁的割裂感。至於技巧，這篇作品是在《大林和小林》一年後寫成的，技巧比較嫻熟，通篇有信手拈來皆成文章之感，看得出作者在寫這篇作品時思想比較流暢，寫作比較順利，有行雲流水，一氣呵成的輕快之感。估計，這篇作品，作者寫得並不太吃力，很快就完成。這是作者熟悉兒童心理和生活，熟練地掌握和駕馭童話這一藝術形式的結果，是一種駕輕就熟，決不是飄浮。我們對這篇作品，應該像對《大林和小林》一樣，給以高度的評價。

張天翼的童話除了走現實主義的創作路線外，諷刺是另一大特色。這是和他的小說風格一致的。一般的評論者都認為他是模仿和追隨魯迅的。

司馬長風說當張天翼在文壇上站穩腳跟後，「即趨奔魯迅風，將油滑的幽默凝結為冷雋的諷刺。」[163]

吳福輝讚譽張天翼是一位傑出的諷刺文學家。[164]：

繼魯迅之後，老舍和張天翼，在中國現代諷刺小說的領域裏堪稱「雙壁」。老舍以溫婉多諷，簡約雋永的筆致，提供了他那些圓熟的幽默長篇。張天翼則主要在短篇小說中，用他的諷刺的火焰，燒毀着三十年代社會一處處陰暗、齷齪的角落；用他那柄犀利、明快的解剖刀，毫不留情地挑開舊制度下一個個醜陋、顫慄的靈魂，並發出憤激冷峭的笑聲── 張天翼的笑。

吳福輝更進一步分析魯迅和張天翼的諷刺典型[165]：

大凡一個成熟的小說家，對其所處的時代、社會，總有他特具的認識與體驗，總有他擅長表達的主題，總有他特別敏感和注意的人物，並由此形成他自己獨創的形象體系，在魯迅的筆下，就有辛亥革命以來，中國的封建地主、勞動農民、新舊知識分子組成的長長的人物系列。

至於張天翼也有他自成體系的諷刺性人物，在他的小說裏，可以分辨出三類諷刺性典型 [166]：

虛偽、狡詐的地主、官僚形象：

動搖、庸俗的小知識分子，小公務員，小市民形象；

愚昧、不幸的城鄉勞動人民形象。

這三類人物，是「五四」以來由魯迅開創的傳統諷刺典型的延長。

這三類人物，也出現在《大林和小林》和《禿禿大王》這兩篇童話裏。

洪汎濤也十分肯定和讚揚張天翼童話中的諷刺特點。他說 [167]：

張天翼的童話，應該說，都具有諷刺這個特點。這從他的全部創作來看，他的一些成人作品，大多是一些諷刺小說。他的筆是犀利的，尤其他是學畫出身的，他擅長誇大和變形，疏疏幾筆，就把一些人物的嘴臉描繪出來。如《華威先生》，把一個言行不一的抗日時期的官僚分子，描繪得如何淋漓盡致。他的作品，也充滿幻想，他早期的作品《鬼土日記》，寫神寫鬼，鋪得非常之開。如果讀過張天翼的小說，然後再讀張天翼的童話，更可以發現張天翼所具有的文字特色。他會拿起筆來寫童話，也是一個必然的發展。這樣，他所具有的文學幻想力，誇張力，可以得到充分的發揮。果然，張天翼在寫成人諷刺小說取得成名，在寫童話上取得成功。他給人們留下了許多優秀的諷刺小說和優秀的童話。

至於魯迅曾批評張天翼的諷刺「失之油滑」，洪汛濤卻另有見解。他說 [168]：

張天翼的作品，文字語言是極好的。它明快、活潑、俏皮、幽默、詼諧、辛辣、跳躍，是童話的文字語言。在童話作家中是獨異的一家。有人說他「失之油滑」，作為童話來說，應允許油滑，只要油滑得得體，油滑得合格，油滑是好事。

總括來說，在中國現代童話史上，二十年代葉聖陶開闢了創作童話的道路，寫出反映現實社會具有中國特色的童話。至三十年代，張天翼繼承了這個中國自己創作童話的優良傳統，把現實主義童話用諷刺的手法發揚光大，為後來的童話家豎立了一個典範。

三 魯迅對現代中國童話的影響

中國有「童話」一詞，最早見於孫毓修編撰的《童話》，時為 1909 年，即清末宣統元年。至於是否如周作人所說，是由日本傳來的轉借語，至今學者仍不能確定。

當時「童話」的含義廣泛而混亂，差不多相等於「兒童文學」或「兒童讀物」的同義詞，這種情況在日本也一樣。孫毓修是中國編輯兒童讀物的第一人，他的《童話》叢書十分流行，除了翻譯外國童話外，也包括了兒童小說、民間故事、歷史故事等非童話體裁的作品。因此，更引起當時人對「童話」這個詞的誤解，以為凡是給兒童看的故事便是童話了。

魯迅在「五四」之前便從事兒童文學活動了。只是當時還沒有用上「兒童文學」這個名稱。他對童話這種獨特的兒童文學體裁特別喜愛，並且把它譯介到中國來。在孫毓修編輯《童話》的時候，魯迅在日本和弟弟周作人合譯了《域外小說集》二冊，其中便包括了童話。

從 1909 年回國，一直到逝世前一年的 1935 年期間，魯迅所翻譯的童話計有：《愛羅先珂童話集》（1922年），《桃色的雲》（童話劇，蘇聯愛羅先珂著，1923年），《小約翰》（荷蘭望·藹覃著，1928年），《小彼得》（奧地利至爾·妙倫著，1929年），《俄羅斯的童話》（蘇聯高爾基著，1935年）。雖然這些童話都不是世界兒童文學的優秀作品，其讀者對象是否兒童，也很有疑問。如高爾基的《俄羅斯童話》，魯迅在書中《小引》就很清楚說明並非寫給孩子們看的[169]：

這《俄羅斯的童話》，共有十六篇，每篇獨立，雖說「童話」，其實是從各方面描寫俄羅斯國民性的種種相，並非寫給孩子們看的。發表年代未詳，恐怕還是十月革命前之作；今從日本高橋晚成譯本重譯，原在改造社版《高爾基全集》第十四本中。

至於《愛羅先珂童話集》裏面的童話，則充滿成人的「悲哀」，沒有半點童趣，看來也不像專為兒童而創作的童話。魯迅在《序中》這樣說出作者的「悲哀」[170]：

……因此，我覺得作者所要叫徹人間的是無所不愛，然而不得所愛的悲哀，而我所展開他來的是童心的，美的，然而有真實性的夢。這夢，或者是作者的悲哀的面紗吧？

圖7　魯迅譯著，愛羅先珂《桃色的雲》(北京：新潮社，1923年7月) 書影。

魯迅很喜歡《小約翰》。1906 年在日本留學時，他從一本文學雜誌《文學的反響》（*Das Literature Echo*），看到其中所載《小約翰》譯本的段落，便十分神往。這當然是因為他本身一向很喜歡植物學，於是便託丸善書店向德國定購。魯迅一直念念不忘翻譯《小約翰》，直到二十年後的 1926 年夏天，他才和齊宗頤合作譯成。[171]

《小約翰》其實也是一篇成人的童話。魯迅在《引言》中這樣說 [172]：

> 這誠如序文所說，是一篇「象徵寫實底童話詩。」無韻的詩，成人的童話。因為作者的博識和敏感，或者竟已超過了一般成人的童話了。其中如金蟲的生平，菌類的言行，火螢的理想，螞蟻的平和論，都是實際和幻想的混合。我有些怕，倘不甚留心於生物界現象的，會因此減少若干興趣。但我預覺也有人愛，只要不失赤子之心，而感到甚麼地方有着「人性和他們的悲痛之所在的大都市」的人們。

比較之下，只有《小彼得》才算得上是寫給兒童看的童話。魯迅說「作者的本意，是寫給勞動者的孩子們看的」。[173] 關於作者至爾·妙倫本人，魯迅介紹如下 [174]：

作者海爾密尼亞·至爾·妙倫（Hermynia Zur Mühlen），看姓氏好像德國或奧國人，但我不知道她的事跡。據同一原譯者所譯的同作者的別一本童話《真理之城》（一九二八年南京書院出版）的序文上說，則是匈牙利的女作家，但現在似乎專在德國做事，一切戰鬥的科學底社會主義的期刊——尤其是專為青年和少年而設的頁子上，總能夠看見她的姓名。作品很不少，緻密的觀察，堅實的文章，足夠成為真正的社會主義作家之一人，而使她有世界底的名聲者，則大概由於那獨創底的童話云。

由此可見，至爾·妙倫是慣常為兒童寫作的作家。《小彼得》這篇童話是為兒童而作的。《小彼得》原本是魯迅選給許廣平譯的，作為學習日文之用。後來他校改許廣平的譯本成書出版，原意並非翻譯給中國的小讀者看的。[175] 魯迅認為中國的勞動者的孩子們限於教育水平，經濟條件，文化背景和生活經驗的不同，並不能欣賞到《小彼得》。因此，他以成年人為這譯本的讀者對象。他說 [176]：

總而言之，這作品一經搬家，效果已大不如作者的意料。倘使硬要加上一種意義，那麼，至多，也許可以供成人而不失赤子之心的，或並未勞動而不忘勤勞大眾的人們的一覽，或者給留心世界文學的人們，報告現代勞動者文學界中，有這樣的一位作家，這樣的一種作品罷了。

在魯迅翻譯的兒童文學作品中，只有《錶》才是真正為兒童翻譯的。魯迅把這篇兒童小說稱為童話，那是因為當時童話一詞的定義，還沒有明確的界說。魯迅在《譯者的話》中把他的日的說得很清楚，但發覺為孩子翻譯很不容易。他說 [177]：

> 在開譯以前，自己確曾抱了不少的野心。第一，是要將這樣的嶄新的童話，紹介一點進中國來，以供孩子們的父母、師長，以及教育家、童話作家來參考；第二，想不用甚麼難字，給十歲上下的孩子們也可以看。但是，一開譯，可就立刻碰到了釘子了，孩子的話，我知道得太少，不夠達出原文的意思來，因此仍然譯得不三不四。

魯迅所翻譯的童話，除了《小彼得》外，都是成人的童話，實不能列入兒童文學的範圍。世界兒童文學中傑出的童話作品都有一個共通的特點，那就是可供成人和兒童讀者於不同程度去領略和欣賞。最顯著的例子便是英國路易斯·卡洛爾（Lewis Carroll, 1832-1898）所作的《愛麗絲漫遊奇境記》（*Alice's Adventures in Wonderland*）。1922 年 1 月，趙元任的中譯本由商務印書館出版 [178]。

這本書在英國和世界各地都很受歡迎 [179]：

> 由坦尼爾插圖的《愛麗絲漫遊奇境記》一出版就贏得了廣大少年兒童和成年讀者的喜愛，到本世紀中期重版三百多次，走進了英倫三島的千家萬戶，其流傳之廣僅次於《聖經》和莎士比亞的作品，近來有圖書展覽表明它已被譯成五十多種語言，有一千名左右的譯者在翻譯這部童話上下了功夫。卡洛爾和莎士比亞、狄更斯在一起，成了英國人民的驕傲。於是，研究卡洛爾和他的童話作品的人相繼出現。百餘年來不斷有人探討過這部童話恆久的奇特魅力之所在。早年的《大英百科全書·兒童文學》認為卡洛爾的中篇童話「把荒誕文學的藝術提到了最高水平。」

在魯迅一生的文學活動中，翻譯和介紹外國文學佔了不少時間。1898 年魯迅在南京江南陸師學堂附設的礦務鐵路學堂就讀時，看新書的風氣很流行，他買了嚴復譯述的赫胥黎的《天演論》來讀，很受達爾文進化論思想的影響 [180]。至於當時流行的林紓翻譯小說，他也看了不少。在日本留學期間，他有機會讀到更多的外國文學作品，而且動手翻譯和介紹到中國來。戈寶權在《魯迅在世界文學上的地位》一書中說到魯迅翻譯外國文學的動機 [181]：

魯迅很早就認識到翻譯介紹外國文學，對於喚起中國人民的覺醒，激發中國人民的革命精神和推動與創建中國新文學的重要性。

戈寶權又補充說 [182]：

魯迅生活在半封建半殖民地的中國，他棄醫學文，從事文學活動，一開始就是為了中國革命。他當時認為，從事創作「必須是『為人生』，而且要改良這人生」；他翻譯介紹和研究文學，則是想借外國反抗黑暗統治，爭取民族解放和社會進步的文學，來促進中國人民反帝反封建的鬥爭，因此他側重於介紹外國的科學幻想小說，特別是重視介紹被壓迫、被損害的弱小國家、民族和人民的文學……。

魯迅原本也不是想創作小說的。他起初注重翻譯和介紹外國文學作品。1933 年 3 月 5 日，他在《我怎麼做起小說來》一文中這樣說 [183]：

但也不是自己想創作，注重的倒是在紹介，在翻譯，而尤其注重於短篇，特別是被壓迫的民族中的作者的作品。因為那時正盛行着排滿論，有些青年，都引那叫喊和反抗的作者為同調的。……

因為所求的作品是叫喊和反抗，勢必至於傾向了東歐，因此所看的俄國、波蘭以及巴爾干諸小國作家的東西就特別多。

接着魯迅在3月22日寫的《英譯本〈短篇小説選集〉自序》裏，又說了同樣的話[184]：

> 後來我看到一些外國的小說，尤其是俄國，波蘭和巴爾幹諸小國的，才明白了世界上也有這許多和我們的勞苦大眾同一命運的人，而有些作家正在為此而呼號，而戰鬥。

由此看來，魯迅翻譯童話的目的並非在於介紹外國兒童文學，用以推廣和發展中國兒童文學。他在每篇童話前面的引言中都說得很清楚，他的讀者對象是成人，並非兒童。這也說明了他為甚麼選擇翻譯這些今天在世界兒童文學裏佔不上一席位的童話作品了。從他親自說明自己翻譯《愛羅先珂童話集》和劇本《桃色的雲》的動機，便很明顯地看出他同情弱者及被壓迫者的立場。他在《雜憶》一文中這樣說[185]：

> 當愛羅先珂君在日本未被驅逐之前，我並不知道他的姓名。直到已被放逐，這才看起他的作品來；所以知道那迫辱放逐的情形的，是由於登在《讀賣新聞》上的一篇江口渙氏的文字。於是將這譯出，還譯他的童話，還譯他的劇本《桃色的雲》。其實，我當時的意思，不過要傳播被虐待者的苦痛的呼聲和激發國人對於強權者的憎惡和憤怒而已，並不是從甚麼「藝術之宮」裏伸出手來，拔了海外的奇花瑤草，來

移植在華國的藝苑。

魯迅是關心和愛護兒童的。當時中國的兒童和婦女一樣，不受尊重，也沒有社會地位。這些幼小者，既是弱小者，也是受壓迫者。魯迅為他們發出「救救孩子」的呼聲，也說過「俯首甘為孺子牛」。他所翻譯的童話，雖然不是以兒童為讀者對象，但在當時也是屬於兒童讀物一類的。魯迅譯介外國童話的工作，足以促進和鼓勵中國童話的發展。於是引起了茅盾和鄭振鐸等人從事童話的翻譯工作，以致後來葉聖陶和張天翼等走上童話創作的路。魯迅在《關於翻譯》一文中就這樣說 [186]：

注重翻譯，以作借鏡，其實也就是催進和鼓勵着創作。

魯迅只從事童話的翻譯，他並沒有撰述有關童話理論的專著。可是，他在翻譯的外國童話的譯者引言、譯後記和雜文、書信中都論述他自己對童話的獨特見解，而這些見解至今仍為兒童文學界所重視，甚至奉為金科玉律。魯迅一邊肯定童話的教育功能，一邊討論童話的創作問題。對後來童話的發展，產生了深遠的影響。

有關童話的教育功能，古今中外，都有不少爭議。1912 年，周作人在《童話研究》裏曾這樣說過 [187]：

……故童話者亦謂兒童之文學。今世學者主張多欲用之教育，商兌之言，揚抑未定；揚之者以為表發因緣，可以輔德政，論列動植，可以知生象，抑之者又謂荒唐之言，恐將增長迷誤，若姑妄言之，則無異詔以面謾。顧二者言有正負，而於童話正誼，皆未為得也。

由此可見，童話在民國初年其教育作用還未被一般人所接納。

周作人以童話為兒童之文學，供兒童閱讀，從中受益。他甚強調童話的教育功能 [188]：

童話之用，見於教育者，為能長養兒童之想象，日即繁富，感受之力亦益聰疾，使在後日能欣賞藝文，即以此為之始基，人事繁變，非兒童所能會通，童話所言社會生活，大旨都具，而特化以單純，觀察之方亦至簡直，故聞其事即得了知人生大意，為入世之資。且童話多及神怪，並超逸自然不可思議之事，是令兒童穆然深思，起宗教思想，蓋個體發生與系統發生同序，兒童之宗教亦猶原人，始於精靈信仰，漸自推移，以至神道，若或自迷執，或得超脫，則但視性習之差，自定其趨。又如童話所言實物，多係習見，用以教示兒童，使多識名言，則有益於誦習，且以多述鳥獸草木之事，因與天物相親，而知自然之大且美，斯皆效用之顯見者也。

繼《童話研究》之後，周作人又發表了《童話略論》一文，闡述童話的教育作用。他說 [189]：

童話應用於教育，今世論者多稱有益，顧所主張亦人人殊，今第本私意，以為童話有用於兒童教育者，約有三端：

1 童話者，原人之文學，亦即兒童之文學，以個體發生與系統發生同序，故二者，感情趣味約略相同。今以童話語兒童，既足以厭其喜聞故事之要求，且得順應自然，助長發達，使各期之兒童得保其自然之本相，按程而進，正蒙養之最要義也。

2. 凡童話適用，以幼兒期為最，計自三歲至十歲止，其時小兒最富空想，童話內容正與相合，用以長養其想象，使即於繁富，感受之力亦漸敏疾，為後日問學之基。

3. 童話敘社會生活，大致略具，而悉化為單純，兒童聞之，能了知人事大概，為將來入世之資。又所言事物及鳥獸草木，皆所習見，多識名物，亦有裨誦習也。

1931 年，中國童話界曾經就童話的教育功能劇烈爭論。事緣當時湖南省主席何鍵寫給教育部的一份咨文而起。他反對國文課本中的「童話」教材，建議改良課本。咨文中說 [190]：

民八以前，各學校國文課本，猶有文理，近日課本，每每「狗說」「豬說」「鴨子說」，以及「貓小姐」「狗大哥」「牛公公」之詞，充溢行間，禽獸能作人言，尊稱加諸獸類，鄙俚怪誕，莫可言狀。

當時，教育界和文學界對此反應不一。首先是教育家尚仲衣在「兒童教育社」年會中作了一次演講，題目是《選擇兒童讀物的標準》。從他列舉的選擇兒童故事的「消極標準」看來，他顯然反對選童話給兒童閱讀。他認為鳥言獸語神仙鬼怪等故事是違反自然現象的。他說 [191]：

何謂違反自然現象？世界上本無神仙，如讀物中含有神仙，即是違背自然的實際現象，鳥獸本不能作人言，如讀物中使鳥獸作人言，即是越乎自然。教育者的責任在使兒童對於自然勢力及社會現象，有眞實的了解和深刻的認識。

接着是吳研因對於尚仲衣的說法表示異議。他不認為鳥言獸語的故事，就是神怪。他向尚仲衣提出質問道 [192]：

……但貓狗談話鴉雀問答，這一類的故事，或本含教訓，或自述生活，何神之有，何怪之有呢？

一場論戰，就此開始。尚仲衣在5月10日的《申報》上答覆吳研因的質問，完全否定童話的教育價值。他說[193]：

> 我們覺得童話的價值實屬可疑，維持它在兒童讀物上的地位之種種理由，實極不充分。所謂「啟發想像」「引起興趣」「包括教訓」云云，皆在或有或無之間，而不違背自然現象的讀物皆「可有」童話「或有或無」之價值。

尚仲衣更認為「從心理分析的觀點看來，童話最類似夢中的幻境和心理病態人的幻想」，對兒童的心理健康是有所危害的。他把童話的危機歸納為以下五點[194]：

> 1. 易阻礙兒童適應客觀的實在之進行；
>
> 2. 易習於離開現實生活而向幻想中逃遁的心理；
>
> 3. 易流於在幻想中求滿足求祈求不勞而獲的趨向；
>
> 4. 易養成兒童對現實生活的畏懼心及厭惡心；
>
> 5. 易流於離奇錯亂思想的程序。

5月19日《申報》又刊出吳研因的《讀尚仲衣君〈再論兒童讀物〉乃知「鳥言獸語」確實不必打破》。文中指出當時中國的小學教科書，根本屬於「幻想性童話」的題材就不多[195]：

關於「幻想性童話」的材料，實在不多，所謂自然社會或者常識等教科書，關於「幻想性童話」教材，固然一點都沒有，就是國語教科書有一些兒，也是微乎其微的。

有關小學教科書的「兒童化」問題，吳研因慨歎說[196]：

可悲的很，我國小學教科書方才有「兒童化」的趨勢，而舊社會即痛罵為「貓狗教科書」。倘不認清尚先生的高論，以為尚先生也反對「貓狗教科書」，則「天地日月」「人手足刀」的教科書或者會復活起來。果然復活了，兒童的損失何可限量呢？

接着陳鶴琴在《兒童教育》第三卷第八期（1931 年 5 月發表了《「鳥言獸語的讀物」應當打破嗎？》一文，舉出幾件孩子日常生活的事例，證明他們是喜歡「鳥言獸語」的讀物的，而且不見得會有害處。他說 [197]：

總結起來，小孩子尤其在七八歲以內的，對於鳥言獸語的讀物，是很喜歡聽，喜歡看，喜歡表演的，這種讀物，究竟有多少害處呢？可說是很少很少，他看的時候，只覺得他們好玩而並不是眞的相信的。……鳥言獸語的讀物，自有他的相當地位，相當價值，我們成人是沒有權力去剝奪兒童所需要的東西的，好像我們剝奪小孩子吃奶的那一種權利。

1931 年 8 月《世界雜誌》第二卷第二期，發表了魏冰心的《童話教材的商榷》一文，文章開宗明義說 [198]：

小學國語應採用兒童文學，低年級的國語教材，當多供給於兒童想像生活的童話，這是近代中外教育家所公認，早已不成問題了。

至於魏冰心他本人的主張則是 [199]：

……小學低年級的國語文學，在有條件之下，應該採用童話。理由是：「童話是幼兒精神生活上的糧食」「幼兒閱讀童話有益而無害」。

對這場長達半年的爭論，魯迅又有甚麼看法呢？何鍵的咨文發表在 1931 年 3 月 5 日的《申報》上。魯迅雖然沒有在《申報》上著文反駁，但在尚仲衣和吳研因展開討論之前，4 月 1 日，他在為孫用翻譯的《勇敢的約翰》寫的《校後記》中曾這樣說 [200]：

對於童話，近來是連文武官員都有高見了；有的說是貓狗不應該會說話，稱作先生，失了人類的體統，有的說是故事不應該講成王作帝，違背共和的精神。但我以為這似乎是「杞天之憂」，其實倒並沒有甚麼要緊的。孩子的心，和文武官員的不同，它會進化，決不至於永遠停留在一點上，到得鬍子老長了，還在想騎了巨人到仙人島去做皇帝。因為他後來就要懂得一點科學了，知道世上並沒有所謂巨人和仙人島。倘還想，那是生來的低能兒，即使終生不讀一篇童話，也還是毫無出息的。

在這以前，1924 年 7 月，魯迅在陝西暑期學校講《中國小說的歷史的變遷》時，聽眾中有不少小學教師，他特別提出了兒童應否閱讀神話書籍的問題，並說明他自己的看法 [201]：

在我以為這要看社會上教育的狀況怎樣，如果兒童能繼續接受良好的教育，則將來一學科學，自然會明白，不致迷信，所以當然沒有害的；但如果兒童不能繼續受稍深的教育，學識不再進步，則在幼小時所教的神話，將永信以為眞，所以也許是有害的。

魯迅一再強調，等到孩子長大了，學會了一點科學知識，便自然懂得辨別幻想和現實，科學和迷信了。因此，童話中的超自然幻想，對兒童是無害的。

幻想是童話所不可缺少的。一篇沒有幻想的童話，就不能成其為童話了。幻想是兒童的天賦本能，而童話的重要功能，就是增長兒童的幻想能力。魯迅認為幻想對兒童是無害的，只是我們大人長大了，便忘記了自己小時候也曾有過幻想。他說 [202]：

> 孩子是可以敬服的，他常常想到星月以上的境界，想到地面下的情形，想到花卉的用處，想到昆蟲的言語；他想飛上天空，他想潛入蟻穴……
>
> 然而我們是忘卻了自己曾為孩子時候的情形了，將他們看作一個蠢材，甚麼都不放在眼裏。

因此，對於 1931 年這場關於童話的爭議，魯迅認為何鍵等人反對童話，實在是「杞天之慮」，是違反兒童愛好幻想的本性的。他跟周作人一樣主張童話有教育的功能。

魯迅所提出的童話對兒童無害的主張，對中國現代童話的發展有深遠的影響。從他的主張可以看出他不僅對童話有深切的認識，對兒童教育也很有遠見。當時一些作家便是受了他的影響而譯介和創作童話的。中國現代童話之能繼續發展，魯迅的功勞不少。今天的童話作家，仍以魯迅的話為圭臬。

至於童話的創作方法，魯迅特別強調「實際和幻想的混合」。他在《小約翰》引言中這樣說 [203]：

這誠如序文所說，是一篇「象徵寫實底童話詩」。無韻的詩，成人的童話。因為作者的博識和敏感，或者竟已超過了一般成人的童話了。其中如金蟲的生平，菌類的言行，火螢的理想，螞蟻的平和論，都是實際和幻想的混合。

童話之富於魔力，便是由於有豐富和奇特的幻想，而幻想是必須植根於現實的。以幻想來反映真實生活，正是中外童話作家的寫作法則 [204]。

魯迅之後的童話作家也都很注重「實際和幻想的混合」這一法則。洪汎濤說：「童話的幻想，必須植根生活，從生活中去產生幻想。[205]」他又說：「幻想要生活化，生活要幻想化，這是童話必須遵循的規律。[206]」

蔣風也認為童話中的幻想必須以現實生活為基礎。他說 [207]：

童話中的幻想往往是離奇莫測的，令人驚異不已，但決不是虛無縹緲的胡思亂想。它必須是以現實生活為基礎的一種虛構。童話中的人物和他們的活動和鬥爭，儘管在現實生活中找不到，也不曾發生過，卻是現實生活最大膽最誇張的概括和集中。

賀宜在《目前童話創作中的一些問題》一文中在談

到童話中的幻想與現實時，也認為現實是幻想的根基。他說 [208]：

> 沒有幻想，就沒有童話。
>
> 但是，幻想並不是童話的目的。它是童話在完成自己的藝術任務時所運用的一種特殊方法，而且實際上是構成童話的一種有機因素。就教育意義來說，從現實生活出發的想像或「幻想」，可以幫助兒童從日常的平凡生活與可貴的理想及願望之間，找到他們的聯繫，可以將兒童喜愛幻想的特性誘導向正確的方向發展，從而也就對於他們的精神品質和知識修養有所增益。

賀宜又引蘇聯作家別林斯基的話說 [209]：

> 把人引導到虛無縹緲和空想境地的幻想是有害處的；但是和現實生活相聯繫，喚醒對自然界的興趣，喚醒對人類理性力量的信心的想像力的活動，卻是有益的。

與賀宜同時的陳伯吹在《談童話》一文中，說到童話的幻想和現實的關係時，也引用上述別林斯基的話 [210]。

至於幻想和現實應怎樣才能協調呢？陳伯吹說 [211]：

總起說來，幻想和現實的結合必須自然而不生硬，豐富而不簡單，深刻而不浮面。

童話從現實的基礎上產生幻想，再從幻想的情景中反映現實，現實與幻想的結合要達成如詩如畫般的藝術的境地。

這些說法和魯迅的「實際和幻想的混合」的法則是相一致的。魯迅在《錶》的《譯者的話》裏特別表揚葉聖陶的童話集《稻草人》說「是給中國的童話開了一條自己創作的路」。他欣賞這些童話正是因為其取材來自現實生活。直到今天，《稻草人》仍被公認為中國第一篇優秀的現實主義童話。十年後出現的張天翼童話《大林和小林》及《禿禿大王》，其現實主義的精神更強烈。張天翼的童話顯然受了魯迅很大的影響。

註：

[1] 劉守華：《中國民間童話概說》，成都：四川民族出版社，1985，頁3。

[2] 張梓生：〈論童話〉，原載《婦女雜誌》7卷7號，1921年7月，見趙景深《童話評論》上海：新文化書社，1928，頁1-2。

[3] 同上，頁9。

[4] 同上，頁11-12。

[5] 同上，頁66。

[6] 《晚清兒童文學鈎沉》，頁217。

[7] 《童話評論》，頁67-68。

[8] 上田正昭等監修：《コンサイス人名辭典：日本編》，東京：三省堂，1976，頁529。

[9] 同上，頁669。

[10] 《童話評論》，頁69。

[11] 同上，頁68。

[12] 同上，頁69。

[13] 葉詠琍：《兒童文學》（上冊），台北：東大圖書公司，1986，頁282。

[14] 《晚清兒童文學鈎沉》頁233。但根據《商務印書館圖書目錄1897-1949》，頁89所載，《童話第一集》共有86種，89冊，與胡從經所說的87冊有出入；第二集則共有8種9冊；第三集則為鄭振鐸所編，共4冊。

[15] 同上，頁233-234。

[16] 《兒童文學》，頁113。

[17] 上笙一郎：《兒童文學引論》，成都：四川少兒出版社，1983，頁30-31。

[18] 洪汎濤：〈童話探索〉，見中國作家協會遼寧分會，遼寧少年兒童出版社編：《兒童文學講稿》，沈陽：遼寧少年兒童出版社，1984，頁 264-265。

[19]《兒童文學論》，頁 25。

[20] 同上，頁 29。

[21]《兒童文學》，頁 120。

[22] 同上，頁 122。

[23]《兒童文學論》，頁 266。

[24]《兒童文學》，頁 244。

[25] Huck & Kuhn. *Children's literature in the Elementary School.* 2nd ed. pp. xvii-xviii.

[26] Ib; d, p. xix

[27] Sutherland and others. *Children and Books.* 6th ed. pp.[viii-ix] "Tables of Contents".

[28] 周作人：〈童話略論〉，見《1913-1949 兒童文學論文選集》，頁 413。據胡從經考證，該文原發表於《北京教育部編纂處月刊》第一卷第八期，1913 年 9 月。後收入《兒童文學小論》，上海兒童書局，1932 年 3 月版。

[29] 夏文運：〈藝術童話的研究〉，見《1913-1949 兒童文學論文選集》，頁 122。該文選自《中華教育界》第 17 卷第 1 期，1928 年 1 月。原文為作者於 1927 年 12 月 23 日在日本廣島高等師範學校的演講。

[30] 同上，頁 123。

[31] 同上，頁 124。

[32]《晚清兒童文學鉤沉》，頁 218。「自然童話」與「人為童話」原見於周作人的《童話略論》，並非胡從經所說是見於《童話研究》。

[33]《兒童文學》上冊，頁 282。

[34] 賀宜：〈簡論童話〉，見《兒童文學講座》，頁 50-51。

[35]《晚清兒童文學鈎沉》之《小引》，頁 2。

[36]《魯迅在紹興》，頁 147。

[37]《晚清兒童文學鈎沉》之《小引》，頁 2。

[38] 周作人：〈古童話釋義〉，見《1913-1949 兒童文學論文選集》，頁 425。該文選自《兒童文學小論》，上海兒童書局，1932 年 3 月版。作者在該書《序》中說：「都是民國二、三年所作，發表於北京教育部編纂處辦　種月刊。」

[39]〈一束報春的鮮花〉，見范奇龍編選：《茅盾童話選》，成都：四川少年兒童出版社，1983，頁 2。

[40] 洪汛濤：《童話學講稿》，合肥：安徽少年兒童出版社，1986，頁 233。

[41] 盛巽昌在《孫毓修和早期兒童文學》一文中把高真常寫作高其希。

[42]《晚清兒童文學鈎沉》，頁 232-233。

[43] 同上 ，頁 232-234。

[44]〈書呆子〉，載於范奇龍編選：《茅盾童話選》，頁 106-115。

[45] 洪汛濤：〈童話探索〉，見《兒童文學講稿》，頁 271。

[46]《兒童文學引論》，頁 123。

[47] 平心編：《全國兒童少年書目》，上海：生活書店，1935，頁 77。

[48]《魯迅全集（1973）》，卷 14，頁 295。

[49] 同上，頁 296。

[50] 同上，頁 298。

[51]《童話學講稿》，頁 233。

[52] 同上，頁 234。

[53] 同上，頁 234。

[54] 同上，頁 234。

[55] 同上，頁 235。

[56] 同上，頁 235。

[57] 同上，頁 235。

[58] 張天翼：〈我的幼年生活〉，見《作家的童年》第一集《我的童年》，頁 106。

[59] 盛巽昌：〈孫毓修和早期兒童文學〉，見《兒童文學研究》第八輯，頁 119。

[60]《童話學講稿》，頁 236。

[61] 同上，頁 237。

[62]《茅盾和兒童文學》，頁 532。

[63] 同上，頁 510-511。

[64] 同上，頁 537。

[65]《晚清兒童文學鉤沉》，頁 231-232。

[66] 孔海珠認為它的出版時間是 1918 年 8 月，見《茅盾和兒童文學》，頁 511。

[67] 孔海珠認為它的出版時間是 1919 年 4 月出版，同上，頁 513。

[68] 孔海珠認為它的出版時間是 1919 年 4 月出版，同上。

[69] 同上，頁 516-517。《十二個月》原載於《童話第三集》第二編《鳥獸賽球》，商務印書館 1923 年 1 月初版，頁 1-27。

[70] 同上，頁 538-539。

[71] 同上。

[72]《童話學講稿》，頁 238。

[73]《茅盾童話選》，頁 3-4。

[74] 魏同賢：〈先驅者的業績 —— 談茅盾的兒童文學理論及創作〉，見《兒童文學研究》第九輯，頁 121。

[75]《晚清兒童文學鈎沉》，頁 232。

[76]《茅盾和兒童文學》，頁 538。

[77] 同上，頁 538-539。

[78] 同上，頁 537-538。

[79] 同上，頁 122。

[80] 孔海珠認為「茅盾的十七本童話中，編纂的有五本，編譯的有十一本，編著的（其實是創作）一本」。見《茅盾和兒童文學》，頁 539。

[81] 同上，頁 541。

[82] 同上，頁 409。原載《文學》月刊第四卷第二期，1935 年 2 月

[83] 孫毓修主編的《童話》叢書第一集第一冊《無貓國》，於 1909 年 10 月在商務印書館出版

[84]《茅盾和兒童文學》，頁 411-412。

[85]《1913-1949 兒童文學論文選集》，頁 231。

[86]《茅盾和兒童文學》，頁 539。

[88]〈難答的問題〉，《且介亭雜文附集》，《魯迅全集（1973）》卷 6，頁 567。

[89] 茅盾：〈關於「兒童文學」〉，見孔海珠編：《茅盾和兒童文學》，頁 410。該文原載《文學》月刊第四卷第二期，1935 年 2 月。

[90] 同上，頁 411。

[91] 同上，頁 413。

[92] 茅盾：〈幾本兒童雜誌〉，見《茅盾和兒童文學》，頁 419-420。原文載《文學》月刊第四卷第三期，1935 年 3 月。

[93] 茅盾：〈再談兒童文學〉，見《茅盾和兒童文學》，頁 428-429。原文載《文學》月刊第六卷第一期，1936 年 1 月。

[94] 茅盾：〈中國兒童文學是大有希望的── 對參加「兒童文學創作學習會」的青年作者的談話〉，見《茅盾和兒童文學》，頁 500。原載《人民日報》1979 年 3 月 26 日。

[95] 孔海珠編：《茅盾和兒童文學》，頁 543。

[96] 同上，頁 484。原載《上海文學》，1961 年 8 月。

[97] 同上，頁 482-483。

[98] 同上，頁 490。

[99] 同上，頁 544。

[100] 同上，頁 525。

[101] 同上，頁 425-426，原載《世界文學》第 1 卷第 4 期，1935 年 4 月。

[102] 同上，頁 505。

[103] 王泉根編，《周作人與兒童文學》，杭州：浙江少年兒童出版社，1985，頁 208。

[104]《茅盾和兒童文學》，頁 510。

[105] 同上，頁 537。

[106]《全國兒童少年書目》，頁 60。

[107] 張梓生：〈論童話〉，《1913-1949 兒童文學論文選集》，頁 29。

[108]《魯迅全集》（1973），卷 14，頁 298。

[109] 同上，頁 297。

[110] 樊發稼：〈葉聖陶和他的童話代表作《稻草人》〉，見《童話欣賞》，陳子君等：《童話欣賞》，長沙：湖南少年兒童出版社，1983，頁 1-2。

[111] 蔣風：〈試論葉聖陶的童話創作〉，見《1949-1979 兒童文學論文選》，頁 427。原刊於《杭州大學學報》，1959 年第 3 期。

[112] 同上，頁 427。

[113] 同上，頁 428。

[114] 同上，頁 428-429。

[115]〈葉聖陶和他的童話代表作《稻草人》〉，《童話欣賞》頁 1。

[116] 同上，頁 2-3。

[117] 浦漫汀：〈童話創作四題〉，見《兒童文學十八講》，頁 180。

[118]《我和兒童文學》，頁 3-4。

[119] 盛巽昌：〈我和兒童文學補正〉，《兒童文學研究》第 12 輯，1983 年 3 月，頁 135-136。按：「鄭振鐸係 1921 年秋天由沈德鴻（茅盾）推薦，進入上海商務印書館編譯所籌備出版《兒童世界》週刊工作。該刊從 1922 年 1 月 7 日創辦，到 1923 年 1 月底，他在主編該週刊一年後，因接替沈德鴻（茅盾）主持的《小說月報》而辭去《兒童世界》主編，但仍擔任《兒童世界》的編委。這裏不存在因鄭振鐸去留而不撰童話，故當時作者主要是遵循文學研究會宗旨，撰寫小說和編輯《文學周報》等刊物，故無暇再寫童話。」

[120]《我和兒童文學》，頁 5。

[121] 鄭振鐸：〈稻草人序〉，見鄭爾康、盛巽昌編：《鄭振鐸和兒童文學》，頁 34-35。

[122]〈葉聖陶和他的童話代表作《稻草人》〉，《童話欣賞》，頁 6。

[123]《兒童文學簡論》（第二版），頁 70-71。

[124] 陳伯吹說魯迅只選譯愛羅先珂童話四篇是不確的。從 1921 年 8 月至 1923 年 7 月，魯迅共譯了十三篇愛羅先珂童話，詳見本書附錄《魯迅兒童文學翻譯目錄》。

[125] 陳伯吹所說葉聖陶創作童話的年份是 1928 到 1932 年，和樊發稼的說法不同。樊認為葉聖陶從 1921 年寫第一篇童話《小白船》起，到 1936 年為止，總共創作了四十多篇童話；《稻草人》於 1923 年出版，《古代英雄的石像》出版於 1931 年。

[126]《兒童文學研究》第 16 輯，頁 94。

[127]《童話學講稿》，頁 356-357。

[128] 同上，頁 364。

[129] 同上。

[130]《張天翼研究資料》，頁 12。

[131] 同上，頁 115，此《自敍小傳》選自：《活的中國 —— 現代中國短篇小說集》(*Living China*)，埃・斯諾編，倫敦：喬治・G・哈拉普公司，1936 年出版。

[132] 同上，頁 13-14。

[133] 同上，頁 17。

[134] 同上。

[135] 同上，頁 18。

[136] 同上。

[137]《魯迅全集（1982）》，卷 12，頁 144。

[138]《小彼得》是張天翼寫的一篇短篇小說，刊載於 1931 年 10 月 10 日《小說月報》第 22 卷第 10 號。

[139] 沈承寬等編：《張天翼研究資料》，頁 20。當時伊羅生正計劃編譯中國現代小說集《草鞋腳》。

[140] 同上，頁 22。

[141] 同上，頁 22-23。

[142] 同上，頁 421。

[143]〈創作的故事〉，原載魯迅等：《創作的經驗》，上海，天馬書店，1933 年 6 月版。

[144] 沈承寬等編：《張天翼研究資料》，北京：中國社會科學出版社，1982，頁 135。

[145] 同上，頁 246 頁。王淑明：〈洋涇濱奇俠〉，原載於《現代》第 5 卷第 1 期，1934 年 5 月 1 日。

[146] 同上，頁 295 頁。胡風：〈張天翼論〉，原載於《文學季刊》第 2 卷第 3 期，1935 年 9 月 16 日。

[147] 同上。

[148] 同上，頁 208-209。〈給孩子們序〉，原載於《給孩子們》，人民文學出版社，1959 年。

[149] 張天翼：〈為孩子們寫作是幸福的〉，見《我和兒童文學》，頁 73-74 。

[150]〈給孩子們序〉，《張天翼研究資料》，頁 209-210。

[151] 伊藤敬一：〈張天翼的小說和童話〉，譯自（日）《世界兒童文學》雜誌，1960 年 12 月號，載於《張天翼研究資料》，頁 446-447。

[152] 同上，頁 453。

[153] 同上，頁 456。

[154] 金江：〈談張天翼的童話〉，第二次全國少年兒童文藝創作評獎委員會辦公室編：《兒童文學作家作品論》，北京：中國少年兒童出版社，1981，頁 44。

[155]《我和兒童文學》，頁 74-76。

[156] 同上，頁 77。

[157]《童話學講稿》，頁 374-375。

[158] 同上，頁 377。

[159]〈葉聖陶和他的童話代表作《稻草人》〉，《童話欣賞》頁 6。

[160]《童話學講稿》，頁 382。

[161]《張天翼研究資料》，頁 460。

[162]《童話學講稿》，頁 385。

[163]《張天翼研究資料》，頁 420。

[164] 吳福輝：〈鋒利・新鮮・誇張 —— 試論張天翼諷刺小說的人物及其描寫藝術〉，《張天翼研究資料》，頁 377。

[165] 同上，頁 378。

[166] 同上，頁 379。

[167]《童話學講稿》，頁 392-393。

[168] 同上，頁 393。

[169]《魯迅全集（1973）》卷 14，頁 425。

[170]《魯迅全集（1973）》卷 12 ，頁 290。

[171]《魯迅全集（1973）》卷 14 ，頁 5-7。

[172]《魯迅全集（1973）》卷 14 ，頁 7。

[173]《魯迅全集（1973）》卷 14 ，頁 238。

[174]《魯迅全集（1973）》卷 14 ，頁 237-238。

[175]《魯迅全集（1973）》卷 14 ，頁 237。

[176]《魯迅全集（1973）》卷 14 ，頁 239-240。

[177]《魯迅全集（1973）》卷 14 ，頁 298。

[178]《童話學講稿》，頁 251。《愛麗絲漫遊奇境記》於 1865 年由麥克米倫出版公司（Macmillan）出版。

[179]《世界兒童文學史概述》，頁 91。

[180]〈瑣記〉（1927 年 10 月 8 日），《朝花夕拾》，《魯迅全集（1973）》卷 2，頁 405。

[181] 戈寶權：《魯迅在世界文學上的地位》，西安：陝西人民出版社，1981，頁 6。

[182] 同上，頁 7-8。

[183]〈我怎麼做起小說來〉（1933 年 3 月 5 日），《南腔北調》，《魯迅全集（1973）》卷 5，頁 107。

[184]〈英譯本《短篇小說選集》自序〉（1933 年 3 月 22 日），《集外集拾遺》，《魯迅全集（1973）》卷 7，頁 818-819。

[185]〈雜憶〉（1925 年 6 月 16 日），《墳》，《魯迅全集（1973）》卷 1，頁 208。

[186]〈關於翻譯〉（1933 年 8 月 2 日），《南腔北調》，《魯迅全集（1973）》卷 5，頁 148。

[187]《周作人與兒童文學》，頁 70。

[188] 同上，頁 71。

[189] 同上，頁 76。

[190]《童話學講稿》，頁 271。原載《申報》1931 年 3 月 5 日《教育消息》欄。

[191]《1931-1949 兒童文學論文選集》，頁 140。原文見《兒童教育》第 3 卷第 8 期，1931 年 5 月及《申報》1931 年 4 月 20 日。

[192] 同上，頁 144，原載《申報》1931 年 4 月 29 日。

[193] 同上，頁 148，原載《申報》1931 年 5 月 10 日；《兒童教育》第 3 卷第 8 期，1931 年 5 月。

[194] 同上，頁 149。

[195] 同上，頁 151。

[196] 同上，頁 153。

[197] 同上，頁 157-159。

[198] 同上，頁 165。

[199] 同上，頁 166。

[200]〈集外集拾遺補編〉，《魯迅全集（1982）》卷 8，頁 315。

[201]〈中國小說的歷史的變遷〉《魯迅全集（1982）》卷 9，頁 305。

[202]〈看圖識字〉，《且介亭雜文》，《魯迅全集（1973）》卷 6，頁 43。

[203]《魯迅全集（1973）》卷 14，頁 7。

[204] Yolen, Jane. *Writing Books for Children.* Boston: The Writer, Inc., 1973. pp.58-59。珍・約倫（Jane Yolen）引述三位作家的話，說明寫作童話的法則是注意幻想的邏輯性，不能脫離現實。

[205]《童話學講稿》，頁 135。

[206] 同上，頁 137。

[207]《兒童文學概論》，頁 122。

[208]《兒童文學論文選》，頁 43。

[209] 同上 ，頁 48。

[210]《兒童文學簡論》，頁 66。

[211] 同上，頁 68-69。

◇

第七章　結論

中國兒童文學和西洋兒童文學的發展過程在早期是相似的，也就是先成人本位，後兒童本位。西洋兒童文學從十八世紀開始從成人本位進入兒童本位，而中國則到了二十世紀才有專為兒童而寫作的讀物。

中國有「兒童文學」這個名詞，始於「五四」時代，以兒童為本位的兒童文學觀也是「五四」時代從西洋輸入的新產物。「五四」運動以後的文學革命和國語運動，促使小學教科書白話化和兒童文學化，中國兒童文學才漸漸從訓蒙式的成人本位時期過渡至兒童本位時期。

魯迅以前的兒童文學觀是以成人為本位的，因此魯迅童年時沒有接觸過專為兒童而寫的讀物。魯迅在私塾裏讀的是傳統的蒙學教本，內容枯燥乏味，而兒童要強記背誦。魯迅喜歡偷看像《西遊記》一類內容有趣的小說，但對《二十四孝圖》裏面的故事十分反感。祖母和保姆給他講述的故事使他印象難忘，他從聽故事愛上閱讀，因而日後致力於文學的工作，並且推動兒童文學的發展。

童年的切身經驗使魯迅日後關心兒童和他們所受的教育。魯迅的兒童教育觀是以兒童為本位的，主張把兒童從幾千年來的封建社會中解放出來，並且脫離成人的從屬地位，成為獨立的個體。魯迅這種打破傳統的兒童本位教育觀，直接影響了他的兒童文學觀，他的兒童文學理論正是建立在這個「以幼者為本位」的基礎上的。

魯迅對中國兒童文學的最大貢獻在於他帶頭喚起人們對兒童的重視，第一個發出「救救孩子」的呼聲，促使中國現代兒童文學的誕生。今天，魯迅被譽為中國兒童文學的奠基人，他是當之無愧的。現在把魯迅對中國兒童文學發展的貢獻總結如下：

一 兒童文學理論的創建者

魯迅終其一生沒有寫過有關兒童文學的專著。他的兒童文學理論只是散見於一些隨筆、雜感、散文、日記、書信和序文中。可是，他的這些以兒童為本位的兒童文學見解和主張，卻大大地影響了當時和後來的兒童文學工作者。

兒童文學既然是為兒童而創作的，便應該具有兒童的特點，適合兒童的心理發展和情緒需要。魯迅認為兒童文學作家必須先進入兒童的世界，認識兒童和成人的不同，才可以寫出兒童喜歡的作品。

在語言方面，魯迅認為兒童文學要用白話來寫，顯淺易懂。在題材方面，魯迅主張多樣化。兒童讀物的內容應有所革新，不能一味向兒童灌輸封建道德思想。作者應從現實生活中選擇與兒童生活有關的題材，反映時代的精神和面貌。兒童文學不應只是純文學性的讀物，還應該包括知識性的讀物，魯迅希望中國科學家也能為兒童寫作。

一向為中國兒童文學界所忽視的兒童讀物插畫，魯迅卻是十分關心和重視的。他大力抨擊當時出版的兒童讀物插畫劣拙，指出插畫對兒童讀物的重要性。認為兒童喜愛圖畫，插畫既可增加讀者的興趣，又可補助文字的不足。

與魯迅同時代的作家如郭沫若、鄭振鐸、茅盾和陳伯吹等，都曾受了魯迅的兒童文學理論影響，不但推動中國兒童文學的發展，同時也影響了後來的兒童文學工作者。

郭沫若的兒童文學觀和魯迅相同，都是以兒童為本位的。郭沫若認為兒童文學作者必須熟悉兒童心理，才能用兒童本位的文字為兒童寫作。因此，作家必須具有「兒童的心」。

鄭振鐸是魯迅兒童文學理論的實踐者。他所編輯的《兒童世界》，其宗旨正是注重兒童特點和趣味性。因此曾經風行全國三十多個城市，且達新加坡和日本等地，至今仍為中國兒童文學界的學習楷模。

至於陳伯吹，這位「童心論」的倡導者，把魯迅的兒童文學理論貫徹到底。他認為兒童文學編輯在審稿時，應該「兒童本位」一些，從「兒童觀點」出發，在「兒童情趣」上體會，再懷着「童心」去欣賞鑒別。陳伯吹的「童心論」在六十年代引起一場少年兒童文學的大辯論。

茅盾一向重視兒童文學的教育性和趣味性，這觀點和魯迅是一致的。1979 年，茅盾為「童心論」平反，他認為「反童心論的副作用」阻礙了兒童文學的發展。

其實，陳伯吹的「童心論」是淵源自魯迅的兒童本位兒童文學觀的。「反童心論」的結果使中國兒童文學的發展停頓了二十年。可幸今天中國兒童文學界再遵循魯迅的「兒童本位」兒童文學理論的指引，兒童文學得以加速發展。

二 科學小說的倡導者

1903 年，魯迅在日本讀書時，翻譯了法國凡爾納的兩部著名科學小說《月界旅行》和《地底旅行》。年青的魯迅，一向喜歡科學，所以也選擇了學科學，相信科學可以救國。他譯介科學小說，並不是想把它作為兒童文學的一種形式，介紹給中國的青少年讀者。他是倡導通過內容充滿幻想新奇的科學小說，向一般大眾普及科學。他深信「導中國人羣以進行，必自科學小說始」。

雖然 1906 年夏，魯迅棄醫從文，此後便再沒有翻譯科學小說，可是他的一篇《〈月界旅行〉辨言》卻產生了很大的影響，特別是對後來的兒童文學工作者。茅盾便是其中的一位。他從事兒童文學工作是從翻譯科學讀物和科學小說開始的。直到晚年，仍然念念不忘向兒童介紹科學讀物，並且批評兒童文學中缺少科學讀物。

中國兒童文學界一向把魯迅在 1903 年發表的《〈月界旅行〉辨言》奉為圭臬，對「唯假小說之能力，被優孟之衣冠，則雖析理譚玄，亦能浸淫腦筋，不生厭倦」的說話深信不疑。以為科學必須與文藝相結合，才不會枯燥無味。其實魯迅所謂「蓋臚陳科學，常人厭之，閱不終篇，輒欲睡去，強人所難，勢必然矣」，是他看到當時一般科學讀物的毛病後，所生的感慨。

晚年的魯迅，觀點有所改變，認為應該給少年兒童辦一種通俗的科學雜誌，他還覺得應該給兒童講點「切實的知識」。所謂「切實的知識」，就是供給兒童知識性的讀物，其中當然包括了科學讀物。科學是饒有趣味的，而科學讀物並不一定枯燥無味的，只要寫作技巧好，便能引人入勝。事實上兒童是喜歡用直接了當的方式去認識科學的。今天中國兒童文學界應該把魯迅倡導科學小說的見解重新演繹，賦以新的意義。為了普及科學，促進高新科技的發展，應該繁榮兒童科學讀物的寫作，除了採取「科學文藝化」的手法外，也可嘗試採用「非故事體」的方法寫作科學讀物。

三　童話的支持者

童話這個名詞，現在一般學者同意周作人的說法，認為是清末從日本引進中國來的。至於是否屬實，還有待進一步的考證。魯迅從小便喜愛童話，終其一生，可謂一位童話支持者。他譯介外國童話，肯定創作本國童話的意義、扶掖年輕的童話作家和維護童話的教育功能，而他的一些寫作童話理論，對於當時和後來的童話作家，都有很大的影響，現在分述如下：

1. 譯介外國童話：1909 年 10 月，當孫毓修編譯的《童話》第一集第一冊《無貓國》出版時，魯迅已和周作人譯成了《域外小說集》二冊，其中便包括了童話。在魯迅所翻譯的兒童文學中，大部分是童話。雖然魯迅翻譯童話的目的並非在於介紹外國兒童文學，而是基於同情弱者及被壓迫者的立場。但是魯迅的翻譯童話在當時是作為兒童讀物，供小讀者閱讀，父母和教師參考，童話作者作為借鏡之用的。因此魯迅譯介童話的工作，是促進了中國童話的發展，引起了茅盾和鄭振鐸等人從事編譯童話的工作。

2. 重視本國童話的創作：雖然魯迅沒有創作過童話，他的重點在譯介，可是他並不贊成大量編譯外國童話或改寫本國古典童話。他是十分重視為兒童創作具有中國特色和民族風格的現代童話的。因此他讚譽二十年代葉聖陶的《稻草人》為「中國的童話開了一條自己創作的路」。魯迅又扶掖年輕作家張天翼，使他在三十年代創作了長篇童話《大林和小林》，以及《禿禿大王》。張天翼繼承了中國自己創作童話的優良傳統，把葉聖陶的現實主義童話用諷刺、誇張的手法，發揚光大。

3. 童話寫作的見解：魯迅強調「實際和幻想的結合」，童話必須透過幻想，反映生活。這一條重要的寫作童話法則，一直被後來的童話作家視為金科玉律。就是外國的童話作家，也認為童話中的幻想，必須從現實的基礎上產生，這與魯迅的見解，是不謀而合的。

4. 童話理論的建設：魯迅只從事童話的翻譯，並沒有撰述過有關童話的理論著作。但在譯者引言、譯後記和雜文、書信中都有論及他對童話的獨特看法。他的這些童話理論，至今仍為兒童文學界奉為圭臬。中國現代童話的理論，可以說是建立在魯迅對童話的見解的基礎上的。

5. 肯定童話的教育功能：魯迅和周作人一樣，認為童話能對兒童起教育的作用。民國初年，童話的教育功能並未被一般人認識和接納。1931 年中國童話界更就童話的教育功能發生一場論戰。反對童話的人認為童話中的幻想成分對兒童是有害的。魯迅認為這是「杞人之慮」，大大違反了兒童愛幻想的天性。中國童話得以繼續發展，魯迅肯定童話的教育作用，是功不可沒的。

在魯迅的時代，中國童話正在萌芽的階段，倘若沒有了魯迅這位大力支持者，一定很難發展起來。因此，魯迅對童話的熱愛和支持，大大地促進了中國現代童話的發展。

附錄　魯迅兒童文學翻譯目錄

- **1903 年（22 歲）**

篇　名：《月界旅行》

原　名：*De la Terre à la Lune* (1865)
(*From the Earth to the Moon,* 1873)

國　別：法國

作　者：儒勒・凡爾納（焦士威尔奴）
Jules Verne (1828-1905)

文　體：科學小說

出版社：1903 年 10 月東京進化社初版

備　註：在日本東京「弘文學院」讀書時譯成，根據日本井上勤（1850-1928）的日譯本轉譯，全書用文言章回體譯述。把原著者誤作美國培倫。署中國教育普及社譯印。

- 1903 年（22 歲）

篇　名：《地底旅行》

原　名： *La Voyage au Centre de la Terre* (1864)
(*A Journey to the Centre of the Earth*, 1874)

國　別： 法國

作　者： 儒勒・凡爾納（焦士威尔奴）
Jules Verne (1828-1905)

文　體： 科學小說

出版社： 1906 年 3 月，南京啟新書局初版。印刷者為榎木邦信，印刷所為日本東京並木活版所。

備　註： 在日本東京「弘文學院」讀書時譯成。從日本譯本中轉譯改寫，全書用文言章回體譯述。首二回載《浙江潮》月刊第十期（1903 年 12 月），署名索士，未刊完，後由南京啟新書局於 1906 年出版。把原著者誤作英國威男。

· 1922 年（41 歲）

篇　名：《愛羅先珂童話集》

國　別：蘇聯

作　者：瓦西里·愛羅先珂
Vasili Yakovlevich Eroshenko (1889-1952)

文　體：童話

出版社：1922 年 7 月，上海商務印書館（文學研究會叢書）。共收童話十一篇，其中魯迅譯的九篇。

備　註：從 1921 年 8 月至 1923 年 7 月，魯迅總共翻譯了愛羅先珂十三篇童話。前九篇收入 1922 年 7 月上海商務印書館出版的《愛羅先珂童話集》，後四篇收入 1931 年 3 月上海開明書店出版的《幸福的船》。

十三篇童話的翻譯日期如下：

(1)1921 年 8 月 16 日《狹的籠》及譯後附記

(2)1921 年 9 月 10 日《池邊》及譯後附記

(3)1921 年 10 月 14 日《春夜的夢》及譯後附記

(4)1921 年 11 月 10 日《魚的悲哀》及譯後附記

(5)1921 年 11 月 25 日《鵰的心》

(6)1921 年 12 月 3 日《世界的火災》

(7)1921 年 12 月中《古怪的貓》

(8)1921 年 12 月 27 日《兩個小小的死》，12 月 30 日寫譯者附記

(9)1922 年 1 月 28 日前《為人類》

以上九篇收入《愛羅先珂童話集》，以下四篇收入《幸福的船》。

(10)1922 年 7 月 2 日《小雞的悲哀》及譯後附記。

(11)1922 年 12 月 1 日《時光老人》，發表在《晨報四週年紀念增刊》

(12)1923 年 3 月 10 日《「愛」字的瘡》

(13)1923 年 7 月 10 日《紅的花》，發表在《小說月報》14 卷 7 號

- 1922 年（41 歲）

篇　名：《桃色的雲》

國　別：蘇聯

作　者：瓦西里・愛羅先珂
Vasili Yakovlevich Eroshenko (1889-1952)

文　體：童話劇（二幕）

出版社：(1) 1922 年 5 月 15 日起載《晨報副刊》，6 月 25 日刊畢。
(2) 1923 年 7 月北京新潮社（文藝叢書）
(3) 1926 年北京北新書局（文藝叢書）
(4) 1934 年 10 月上海生活書店

備　註：據日本譯本轉譯

- 1928年（47歲）

篇　名：《小約翰》

原　名：*De Kleine Johannes*

國　別：荷蘭

作　者：弗萊特力克・望・藹覃（今譯為弗雷德里克・凡・伊登）Frederik van Eeden (1860-1932)

文　體：童話

出版社：(1) 1928年1月北京未名社（未名叢刊）
(2) 1934年11月上海生活書店
(3) 1957年2月北京人民文學出版社

備　註：原作發表於1887年，1899年德文譯本印出。據茀壘斯（Anna Fles）德譯本轉譯，卷頭有賚赫博士（Dr. Paul Raché）序文（1892）。魯迅從1926年7月6日起，逐日往中山公園與齊宗頤合譯，8月13日譯畢。1927年5月26日把譯稿整理好，5月31日作序文。

附　錄：《動植物譯名小記》，1927年6月14日

· 1929 年（48 歲）

篇　名：《小彼得》

原　名：*Was Peterchens Freunde erzahlen*

國　別：奧地利

作　者：海爾密尼亞・至爾・妙倫
Hermynia Zur Muehlen (1883-1951)

文　體：童話故事集

出版社：(1) 1929 年 11 月上海春潮書局署許霞譯
(2) 1939 年 1 月上海聯華書局署許廣平譯
(3) 1955 年 9 月上海少年兒童出版社

備　註：許廣平據日本林房雄譯本重譯，魯迅校改許廣平譯本於 1929 年 9 月譯成。

· 1935 年（54 歲）

篇　名：《俄羅斯的童話》（十六篇）

國　別：蘇聯

作　者：高爾基
Maxim Gorky (1868-1936)

文　體：童話

出版社：1935 年 8 月上海文化生活出版社（文化生活叢刊）

備　註：1934 年 9 月至 1935 年 4 月 17 日據日譯本轉譯。原載《譯文》月刊 1 卷 2 期（1934 年 10 月 16 日），1 卷 3 期（1934 年 11 月 16 日），1 卷 4 期（1934 年 12 月 16 日）及 2 卷 2 期（1935 年 4 月 16 日）。

- 1935 年（54 歲）

篇　名：《錶》

原　名：*Die Uhr*

國　別：蘇聯

作　者：阿列克賽・班台萊耶夫
L. Panteleev（原名 Alexci Ivanovich Eremeev）（1908-1987）

文　體：小說

出版社：1935 年 7 月上海生活書店

備　註：1935 年 1 月 1 日至 12 日翻譯。據 1930 年在柏林出版的愛因斯坦（Maria Einstein）德譯本轉譯，也參照日本槙本楠郎的日譯本《金時計》。原載 1935 年 3 月 16 日《譯文》月刊第 2 卷第 1 期《特載》，署魯迅譯。

◇

附錄　嚴吳嬋霞女士作品目錄

◇

(Books by Irene Yim)

中文書：

1. （童話譯作）《牧羊人的寶物》，彩虹叢書，香港：牛津大學出版社，1981 年。
2. （童話譯作）《獾花壺》，彩虹叢書，香港：牛津大學出版社，1981 年。
3. （專欄）《清秀雜誌》兒童專欄，1985-1988 年。
4. （專欄）《讀者良友》兒童文學專欄，1985-1988 年。
5. （散文）《蓮瞳集》，香港：山邊社，1984 年。
6. （兒童小說）《瘦日子變肥日子》，香港：新雅文化事業有限公司，1984 年。
7. （童話）《姓鄧的樹》，《兒童時代》，上海，1986 年。（本文獲上海陳伯吹兒童文學優秀作品獎）
8. 《十一枝康乃馨》，《兒童時代》，上海，1988 年。
9. （科幻小說）《第一次見太陽》，香港：獲益出版事業有限公司，1992 年。
10. （童話譯作）《自私的巨人》，台灣：聯經，1992 年。
11. （童話譯作）《滅龍救國》，台灣：聯經。1992 年。
12. （故事譯寫）《寵物大行動》，迪士尼開心故事集，香港：新雅文化事業有限公司，1992 年。
13. （故事譯寫）《沙灘奇遇》，迪士尼開心故事集，香港：新雅文化事業有限公司，1992 年。
14. （故事譯寫）《夜遊玩具店》，迪士尼開心故事集，香港：新雅文化事業有限公司，1992 年。
15. （故事譯寫）《古怪動物園》，迪士尼開心故事集，香港：新雅文化事業有限公司，1992 年。

16. （故事譯寫）《瘋狂大購物》，迪士尼開心故事集，香港：新雅文化事業有限公司，1992 年。

17. （故事譯寫）《清潔大行動》，迪士尼開心故事集，香港：新雅文化事業有限公司，1992 年。

18. （故事譯寫）《三隻小豬建房子》，迪士尼開心故事集，香港：新雅文化事業有限公司，1992 年。

19. （故事譯寫）《小熊維尼的野餐》，迪士尼開心故事集，香港：新雅文化事業有限公司，1992 年。

20. （故事譯寫）《小木偶和魔術鐘》，迪士尼開心故事集，香港：新雅文化事業有限公司，1992 年。

21. （故事譯寫）《白雪公主開派對》，迪士尼開心故事集，香港：新雅文化事業有限公司，1992 年。

22. （幼教叢書）《媽媽手冊》，《迪士尼寶寶》第十冊，香港：新雅文化事業有限公司，1992 年。

23. 《給媽媽的話》，《迪士尼故事漢英字典》第四輯，香港：新雅文化事業有限公司，1992 年。

24. （童話）《會哭的鱷魚》，香港：新雅文化事業有限公司，1991 年。（本文獲 1992 年北京冰心兒童圖書獎）

25. （童話）《大雨嘩啦啦》，日本：佑學社，1986 年；香港：新雅文化事業有限公司，1987 年，2000 年。（本作獲香港八十年代最佳兒童故事獎，獲 2001 年教育委員會推薦讀物，獲 2002 年最受學生歡迎初小組十本好書）

26. （科幻小說）《誰是麻煩鬼》，香港：獲益出版事業有限公司，1992 年。

27. 《迷你童話》，香港：獲益出版事業有限公司，1993 年。

28. 《恐龍世界小博士》，香港：新雅文化事業有限公司，1993 年。

29. 《香港掌故趣聞小博士》，香港：新雅文化事業有限公司，1993

30. 《流行名牌小博士》，香港：新雅文化事業有限公司，1993 年。

31. 《未來產品小博士》，香港：新雅文化事業有限公司，1993 年。

32. 《迷你鬼話》，香港：獲益出版事業有限公司，1994 年。

33. 《迷你怪話》，香港：獲益出版事業有限公司，1995 年。

34. 《青春族 EQ 貼士》，香港：山邊社，1996 年。

35. 《一隻減肥的豬》，新雅圖畫故事書精選，香港：新雅文化事業有限公司，1999 年。（本作獲 2001 年北京冰心兒童圖書獎）

36. 《兒童文學與教育》，香港：山邊社，1999 年。

37. 《親子閱讀 —— 兒童圖書與兒童成長》，香港：新雅文化事業有限公司，1999 年。

38. 《怎樣為兒童選擇圖書》，香港：新雅文化事業有限公司，2000 年。

39. 《兒童文學採英》，香港：新雅文化事業有限公司，2000 年。

40. 《十三號快樂課室》，香港：新雅文化事業有限公司，2000 年。（本書獲 2002 年最受學生歡迎初小組十本好書）

41. 「親子共讀故事」系列

    《大蘿蔔》，香港：新雅文化事業有限公司，2000 年。

    《小紅雞》，香港：新雅文化事業有限公司，2000 年。

    《三隻小豬》，香港：新雅文化事業有限公司，2000 年。

    《三隻小蝴蝶》，香港：新雅文化事業有限公司，2000 年。

    《小紅帽》，香港：新雅文化事業有限公司，2001 年。

    《金髮姑娘和三隻熊》，香港：新雅文化事業有限公司，2001 年。

    （本系列獲 2002 年北京冰心兒童圖書獎）

42. （繪本譯寫）《美味的友情》，香港：新雅文化事業有限公司，2000 年。

43. （繪本譯寫）《鵝童復仇記》，香港：新雅文化事業有限公司，2000 年。

44. （繪本譯寫）《昆蟲足球隊》，香港：新雅文化事業有限公司，2000 年。

45. （繪本譯寫）《月亮生病了》，香港：新雅文化事業有限公司，2000 年。（獲 2001 年教育委員會推薦讀物）

46. （繪本譯寫）《頑皮的小巨人》，香港：新雅文化事業有限公司，2000 年。

47. （繪本譯寫）《彩虹下的寶物》，香港：新雅文化事業有限公司，2000 年。（獲 2001 年北京冰心兒童圖書獎；2001 年教育委員會推薦讀物；2002 年最受學生歡迎初小組十本好書）

48. （繪本譯寫）《奇異的種子》，香港：新雅文化事業有限公司，2000 年。（獲香港八十年代最佳兒童故事獎；2002 年最受學生歡迎初小組十本好書；獲 2002 年北京冰心兒童圖書獎）

49. （繪本譯寫）《晚餐奇遇》，香港：新雅文化事業有限公司，2001 年。

50. （繪本譯寫）《城市狗和鄉下狗》，香港：新雅文化事業有限公司，2001 年。

51. （繪本譯寫）《溫暖的冬天》，香港：新雅文化事業有限公司，2001 年。

52. （繪本譯寫）《乖乖貓小黑》，香港：新雅文化事業有限公司，2002 年。

53. 《唸兒歌，學語文》第一輯 6 冊，香港：新雅文化事業有限公司，2001 年。

54. 《唸兒歌，學語文》第二輯 6 冊，香港：新雅文化事業有限公司，2001 年。

55. 《唸兒歌，學語文》第三輯 6 冊，香港：新雅文化事業有限公司，2002 年。

56. 《唸兒歌，學語文》第四輯 6 冊，香港：新雅文化事業有限公司，2002 年。

57. 「猜謎語，學語文」系列

    《自然常識、文儀用品、家居用品》，香港：新雅文化事業有限公司，2002 年。

    《植物、食物、人體》，香港：新雅文化事業有限公司，2002 年。

    《日常用品、交通、建築》，香港：新雅文化事業有限公司，2002 年。

    《動物》，香港：新雅文化事業有限公司，2002 年。

58. （童詩）《一個快樂的叉燒包》，香港：新雅文化事業有限公司，2002 年。

59. （參與撰寫）《我和孩子怎樣親子共讀》，香港：新雅文化事業有限公司，2002 年。

60. （合作翻譯）《古堡鬼鼠》，香港：新雅文化事業有限公司，2003 年。

61. （合作翻譯）《我為與狂》，香港：新雅文化事業有限公司，2003 年。

62. （合作翻譯）《神勇鼠智勝海盜貓》，香港：新雅文化事業有限公司，2003 年。

63. （合作翻譯）《猛鬼貓城堡》，香港：新雅文化事業有限公司，2003 年。

64. 《預言鼠的神秘手稿》，香港：新雅文化事業有限公司，2003 年。

65. （合作翻譯）《鼠膽神威》，香港：新雅文化事業有限公司，2003 年。

66. （合作翻譯）《地鐵幽靈貓》，香港：新雅文化事業有限公司，2004 年。

67. （合作翻譯）《老鼠也瘋狂》，香港：新雅文化事業有限公司，2004年。

68. （合作翻譯）《吝嗇鼠城堡》，香港：新雅文化事業有限公司，2004年。

69. （合作翻譯）《乳酪金字塔的魔咒》，香港：新雅文化事業有限公司，2004年。

70. （合作翻譯）《逢凶化吉的假期》，香港：新雅文化事業有限公司，2004年。

71. （合作翻譯）《雪地狂野之旅》，香港：新雅文化事業有限公司，2004年。

72. （合作翻譯）《喜馬拉雅山雪怪》，香港：新雅文化事業有限公司，2004年。

73. （合作翻譯）《開心鼠歡樂假期》，香港：新雅文化事業有限公司，2004年。

74. （合作翻譯）《奪面雙鼠》，香港：新雅文化事業有限公司，2004年。

75. （合作翻譯）《奪寶奇鼠》，香港：新雅文化事業有限公司，2004年。

76. （合作翻譯）《黑暗鼠家族的秘密》，香港：新雅文化事業有限公司，2005年。

77. （合作翻譯）《瘋鼠大挑戰》，香港：新雅文化事業有限公司，2005年。

78. 《小動物大行動》，香港立法會行政管理委員會，2011年。

79. 《誰是麻煩鬼》，香港：新雅文化事業有限公司，2012年。

80. 《姓鄧的樹》，香港：新雅文化事業有限公司，2014年。

81. 《輝輝兔不怕黑》，香港：小樹苗教育出版社有限公司，2014年。

81. 《輝輝兔不怕黑》，香港：小樹苗教育出版社有限公司，2014 年。
82. 《輝輝兔不偏吃》，香港：小樹苗教育出版社有限公司，2014 年。
83. 《輝輝兔不賴床》，香港：小樹苗教育出版社有限公司，2014 年。
84. 《輝輝兔愛清潔》，香港：小樹苗教育出版社有限公司，2014 年。
85. 《輝輝兔愛運動》，香港：小樹苗教育出版社有限公司，2014 年。
86. 《輝輝兔愛閱讀》，香港：小樹苗教育出版社有限公司，2014 年。
87. 《親子共讀故事：小紅雞》，香港：新雅文化事業有限公司，2015 年。
88. 《親子共讀故事：三隻小豬》，香港：新雅文化事業有限公司，2015 年。
89. 《親子共讀故事：三隻小蝴蝶》，香港：新雅文化事業有限公司，2015 年。
90. 《親子共讀故事：小紅帽》，香港：新雅文化事業有限公司，2015 年。
91. 《一隻減肥的豬》，香港：新雅文化事業有限公司，2015 年。
92. （編譯）《The Little Prince 小王子電影故事書》，香港：夢想創意有限公司，2015 年。
93. 《好爸媽和孩子讀好書》，香港：新雅文化事業有限公司，2016 年。
94. 《我可以不發脾氣》，香港：小樹苗教育出版社有限公司，2016 年。
95. 《手臂是用來擁抱的》，香港：小樹苗教育出版社有限公司，2016 年。
96. 《我要說真話》，香港：小樹苗教育出版社有限公司，2016 年。
97. 《最好吃的生日蛋糕》，香港：小樹苗教育出版社有限公司，2016 年。

98. （與嚴美健合著）《小移民手記》，香港：新雅文化事業有限公司，1991 年。

99. （主編；蘇子著）《秋天天氣好》，香港：新雅文化事業有限公司，1997 年。

100. （總策劃；何良懋著）《香港的童年》，香港：新雅文化事業有限公司，1997 年

101. 《失蹤的媽媽》，瀋陽 / 香港：遼寧少年兒童出版社 / 真文化出版公司，1998 年。

102. （合作翻譯）《綠寶石眼之謎》，香港：新雅文化事業有限公司，2003 年。

103. （合作翻譯）《蒙娜麗鼠事件》，香港：新雅文化事業有限公司，2003 年。

104. 《給幼兒準備一雙寫字的手 —— 蒙特梭利寫前活動》，香港：新雅文化事業有限公司，2017 年。

105. 《蒙特梭利漢字筆畫砂紙板》，香港：新雅文化事業有限公司，2017 年。

106. 《奇異的種子》，上海：上海教育出版社，2018 年。（獲 2019 年第六屆上海好書獎）

107. 《十兄妹颱風總動員》，香港勞工及福利局社區投資共享基金，2018 年。

108. 《小青蛙愛靜坐》，香港：新雅文化事業有限公司，2019 年。

109. 《快樂鞋子》，香港：新雅文化事業有限公司，2020 年。

110. 《魯迅與中國兒童文學的發展》，香港：中華書局（香港）有限公司，2020 年。

英文書：

1. *Sun Ya English-Chinese Picture Dictionary: Animals*, Hong Kong Sun Ya, 2002.
2. *Sun Ya English-Chinese Picture Dictionary: Clothes*, Hong Kong Sun Ya, 2002.
3. *Sun Ya English-Chinese Picture Dictionary: Food & Drinks*, Hong Kong Sun Ya, 2002.
4. *Sun Ya English-Chinese Picture Dictionary: Fruits & Vegetables*, Hong Kong Sun Ya, 2002.
5. *My English Word Book*, Hong Kong Sun Ya, 2002.
6. *The Magic Seed*, Sun Ya Picture Story World, Hong Kong Sun Ya, 2002.
7. *Uncle Wang*, Singapore Pearson Education Asia Pte Ltd, 2002.

參考書目

中文資料

一至五畫

1. 《1913-1949 兒童文學論文選集》，上海：少年兒童出版社，1962。
2. 上田正昭等監修：《コンサイス人名辭典：日本編》，東京：三省堂，1976。
3. 上海人民廣播電台編：《文學知識廣播講座》，上海：上海廣播事業局，1979。
4. 上海教育出版社編：《回憶魯迅資料輯錄》，上海：上海教育出版社，1980。
5. 上海魯迅紀念館編：《魯迅著譯繫年目錄》，上海：上海文藝出版社，1981。
6. 上笙一郎：《兒童文學引論》，成都：四川少年兒童出版社，1983。
7. 干寶撰，汪紹楹校注：《搜神記》，北京：中華書局，1979。
8. 公盾：《魯迅與自然科學論叢》，廣州：廣東科技出版社，1986。
9. 毛澤東：《在延安文藝座談會上的講話》，《毛澤東選集》，北京：人民出版社，1969，頁 804-835。
10. 毛禮銳編：《中國教育史簡編》，北京：教育科學出版社，1984。
11. 中國作家協會遼寧分會，遼寧少年兒童出版社編：《兒童文學講稿》，沈陽：遼寧少年兒童出版社，1984。
12. 中華全國文藝協會香港分會編：《文藝三十年》，香港：中華全國文藝協會香港分會，1949。
13. 《少年兒童讀物目錄》，《全國總書目：1949-1954》，北京：新華書店，1955，頁 869-906。
14. 戈寶權：《魯迅在世界文學上的地位》，西安：陝西人民出版社，1981。

15. 王泉根編：《周作人與兒童文學》，杭州：浙江少年兒童出版社，1985。

16. 王國忠等編：《兒童科普佳作選》，上海：少年兒童出版社，1984。

17. 孔海珠編：《茅盾和兒童文學》，上海：少年兒童出版社，1984。

18. 北京師範大學中文系編：《紀念魯迅誕辰百週年文學論文集及魯迅珍藏有關北師大史料》，北京：北京師範大學出版社，1981。

19. 北京圖書館書目編輯組編：《中國現代作家著譯書目》，北京：書目文獻出版社，1982。

20. 平心：《人民文豪魯迅》，上海：上海文藝出版社，1981。

21. 平心編：《全國兒童少年書目》，上海：生活書店，1935。

六至八畫

22. 朱忞等編著：《魯迅在紹興》，杭州：浙江人民出版社，1981。

23. 朱德發：《「五四」文學初探》，濟南：山東人民出版社，1982。

24. 沈承寬等編：《張天翼研究資料》，北京：中國社會科學出版社，1982。

25. 辛華編：《英語姓名譯名手冊》。北京：商務印書館，1983。

26.《我和兒童文學》，上海：少年兒童出版社，1980。

27. 吳鼎：《兒童文學研究》（第三版），台北：遠流出版社，1980。

28. 杜草甬：〈魯迅論兒童與兒童教育〉，載《教育研究》，1981 年 10 期，頁 63-67。

29. 杜漸：〈魯迅與科幻小說〉，載《書海夜航二集》，北京：三聯書店，1984，頁 147-164。

30. 李宗英、張夢陽編：《六十年來魯迅研究》（上、下冊），北京：中國社會科學出版社，1982。

31.《兒童文學十八講》，西安 ：陝西少年兒童出版社，1984。

32.《兒童文學研究》（1 至 24 輯），上海：少年兒童出版社，1979-1986。

33.《兒童文學集萃》，北京：北京出版社，1980。

34.《兒童文學論文選》，武漢 ：長江文藝出版社，1956。

35.《兒童文學論文選：1949-1979》，北京：中國少年兒童出版社，1981。

36.《兒童文學》編寫組編：《兒童文學》（上、下冊），合肥：安徽教育出版社，1984。

37.《兒童文學》編輯部編：《兒童文學創作漫談》，北京：中國少年兒童出版社，1979。

38. 金燕玉：《兒童文學初探》，廣州：花城出版社，1985。

39. 周忠和編譯：《俄蘇作家論兒童文學》，鄭州：河南少年兒童出版社，1983。

九至十畫

40. 洪汛濤：《童話學講稿》，合肥：安徽少年兒童出版社，1986。

41. 姜莉莉：〈中共的兒童文學〉，載《中共研究》 8 卷 6 期 ，1974 年 6 月 10 日，頁 81-93。

42. 胡從經：〈一片冰心在於菟── 魯迅早期的兒童文學活動〉，載《齊魯學刊》1981 年 5 期，頁 31-35。

43. 胡從經：〈我國革命兒童文學發展述略：1921-1937〉，載《文學評論》1963 年 2 月號，頁 89-95。

44. 胡從經：《晚清兒童文學鈎沉》，上海：少年兒童出版社，1982。

45. 范奇龍編選：《茅盾童話選》，成都：四川少年兒童出版社，1983。

46. 韋葦編著：《世界兒童文學史概述》，杭州：浙江少年兒童出版社，1986。

47. 茅盾（方璧），〈魯迅論〉，載《小說月報》18 卷 11 號，頁 37-48。

48.《茅盾近作》：成都：四川人民出版社，1980。

49. 唐弢：《魯迅的美學思想》，北京：人民文學出版社，1984。

50. 高錦雪：《兒童文學與兒童圖書館》，台北：學藝出版社，1981。

51. 孫昌熙等著：《魯迅文藝思想新探》，天津：天津人民出版社，1983。

十一畫

52. 梁佳蘿：〈魯迅與現代中文〉，載《文藝雜誌季刊》14 期，1985 年 6 月，頁 40-47。

53.《商務印書館圖書目錄 1897-1949》，北京：商務印書館，1981。

54. 章道義等編：《科普創作概論》，北京：北京大學出版社，1983。

55. 許義宗：《兒童文學論》，台北，作者自印本，1977。

56. 許懷中：《魯迅與文藝思潮流派》，長沙：湖南人民出版社，1985。

57. 第二次全國少年兒童文藝創作評獎委員會辦公室編：《兒童文學作家作品論》，北京：中國少年兒童出版社，1981。

58. 國家出版事業管理局版本圖書館編：《1949-1979 翻譯出版外國古典文學著作目錄》，北京：中華書局，1980。

59. 陳子君：《兒童文學論》，石家莊：河北少年兒童出版社，1985。

60. 陳子君等：《童話欣賞》，長沙：湖南少年兒童出版社，1983。

61. 陳日朋：〈魯迅與兒童文學〉，載《東北師大學報》1981 年 5 期，頁 23-26，82。

62. 陳汝惠：〈魯迅與中國兒童文學〉，載《廈門大學學報》1956 年 5 期，頁 55-63。

63. 陳伯吹：《作家與兒童文學》，天津：天津人民出版社，1957。

64. 陳伯吹：《兒童文學簡論》，武漢：長江文藝出版社，1959（第一版）、1982（第二版）。

65. 陳鳴樹、劉祥發編：《胡風論魯迅》，鄭州：黃河文藝出版社，1985。

66.《張天翼作品選》，北京：中國少年兒童出版社，1980。

67. 張志公：《傳統語文教育初探》，上海：上海教育出版社，1962。

68. 張靜廬：《中國近代出版史料》（初編、二編），北京：中華書局，1954。

69. 張靜廬：《中國出版史料補編》，北京：中華書局，1957。

70. 張靜廬：《中國現代出版史料》（甲、乙、丙、丁上、丁下編），北京：中華書局，1954-1959。

十二至十四畫

71. 曾慶瑞：《魯迅評傳》，成都：四川人民出版社，1981。

72. 喬峯：《略講關於魯迅的事情》，北京：人民文學出版社，1981。

73. 黃維樑：〈魯迅・人性・造反英雄〉，載《大學小品》，香港：香江出版公司，1985，頁 109-111。

74. 彭斯遠：《兒童文學散論》，重慶：重慶出版社，1985。

75. 賀宜等著：《兒童文學講座》，上海：少年兒童出版社，1980。

76. 福建師範大學中文系編選：《魯迅論外國文學》，北京：外國文學出版社，1982。

77.《葉紹鈞研究及其作品》，香港百靈出版社，1980。

78. 葉詠琍：《兒童文學》，台北：東大圖書公司，1986。

79.《慈恩兒童文學論叢（一）》，高雄：慈恩出版社，1985。

80. 趙景深：《童話評論》，上海：新文化書社，1928。

十五畫

81. 潘青萍：〈魯迅關於兒童教育的思想〉，載《幼教通訊》1983 年 2 月，頁 2-4，32。

82. 鄭爾康、盛巽昌編：《鄭振鐸和兒童文學》，上海：少年兒童出版社，1983。

83. 劉守華：《中國民間童話概說》，成都：四川民族出版社，1985。

84. 劉再復：《文學的反思》，北京：人民文學出版社，1986。

85.《魯迅日記》（上、下卷），香港：香港文學研究社。

86.《魯迅全集》（1-16 卷），北京：人民文學出版社，1982。

87. 魯迅先生紀念委員會編纂：《魯迅全集》（1-20 冊），北京：人民文學出版社，1973。

88. 魯迅先生紀念委員會編：《魯迅先生紀念集》，上海：上海書店，1979。

89.《魯迅研究百題》，長沙：湖南人民出版社，1981。

90. 魯迅博物館魯迅研究室編：《魯迅誕辰百年紀念集》，長沙：湖南人民出版社，1981。

91. 蔣風：《兒童文學概論》，長沙：湖南少年兒童出版社，1982。

92. 蔣風：《魯迅論兒童教育和兒童文學》，上海：少年兒童出版社，1961。

93. 蔣風、潘頌德：《魯迅論兒童讀物》，西安：陝西人民出版社，1983。

94. 增田涉著、龍翔譯：《魯迅的印象》，香港：天地圖書公司，1980。

95. 歐陽詢撰、汪紹楹校：《藝文類聚》（四冊），上海：上海古籍出版社，1982。

96. 鄧牛頓、匡壽祥編：《郭老與兒童文學》，鄭州：河南人民出版社，1980。

十六至二十一畫

97. 錢鍾書等：《林紓的翻譯》，北京：商務印書館，1981。

98.《簡明不列顛百科全書》（十卷），北京 / 上海：中國大百科全書出版社，1985。

99. 嚴吳嬋霞：〈童話兄弟雅各和威廉·格林的生平〉，載《讀者良友》2 卷 5 期，1985 年 5 月，頁 79-84。

100. 顧明遠等：《魯迅的教育思想和實踐》，北京：人民教育出版社，1981。

英文資料

101. Aiken, Joan. *The Way to Write for Children*, London: Elm Tree Books, 1982.

102. Bettelheim, Bruno. *The Uses of Enchantment; the Meaning and Importance of Fairy Tales*, Harmondsworth, Middlesex: Penguin Books, 1978.

103. Carpenter, Humphrey & Prichard, Mari. *Oxford Companion to Children's Literature*. Oxford: Oxford University Press, 1984.

104. Cass, Joan E. *Literature and the Young Child*. Harlow, Essex: Longman, 1984.

105. Chambers, Aidan. *Introducing Books to Children*. London: Heinemann, 1973.

106. *Chambers Biographical Dictionary*. Edinburgh: Chambers, 1975.

107. Chow, Tse Tsung (周策縱). *The May Fourth Movement; Intellectual Revolution in Modern China*. Cambridge, Ma.: Harvard University Press, 1960.

108. Demers, Patricia & Moyles, Gordon (ed.) *From Instruction to Delight; an anthology of Children's Literature to 1850*. Toronto: Oxford University Press, 1982.

109. Egoff, Sheila and others (ed.) *Only Connect; Reading on Children's Literature*. Toronto: Oxford University Press, 1969.

110. Egogg, Sheila. *The Republic of Childhood*. 2nd ed. Toronto: Oxford University Press, 1975.

111. *Encyclopaedia Britanica*. Chicago: Encyclopaedia Britanica, Inc., 1980.

112. Hsia, C. T. (夏志清) *A History of Modern Chinese Fiction*. 2nd ed. New Haven: Yale University Press, 1971.

113. Huck, Charlotte S. & Kuhn, Doris Young. *Children's Literature in the Elementary School*. 2nd ed. New York: Holt, Rinehart & Winston, 1968.

114. *The Macmillan Family Encyclopaedia*. London: Macmillan, 1980.

115. Open University In-Service Education for Teachers. *Children, Language and Literature*. Milton Keynes: Open University Press, 1982.

116. Pellowski, Anne. *The World of Children's Literature*. New York: Bowker, 1968.

117. Sawyer, Ruth. *The Way of the Storyteller*. New York: Viking Press, 1970.

118. Sutherland, Zena and others. *Children and Books*. 6th ed. Glenview, Ill.: Scot. Foresman, 1981.

119. Tucker, Nicholas. *The Child and the Book; a Psychological and Literary Exploration*. Cambridge: Cambridge University Press, 1981.

120. *20th Congress of the International Board on Books for Young People*, Tokyo, 1986. *Why Do You Write for Children? Children, Why Do You Read?* Tokyo: Japanese Board on Books for Young People, 1987.

121. Yolen, Jane. *Writing Books for Children*. Boston: The Writer, Inc., 1973.

魯迅與中國兒童文學的發展

責任編輯 楊 歌
裝幀設計 陳淑娟
排 版 賀華影
印 務 劉漢舉

出版——中華教育
香港北角英皇道四九九號北角工業大廈一樓B
電話：(852) 2137 2338 傳真：(852) 2713 8202
電子郵件：info@chunghwabook.com.hk
網址：http://www.chunghwabook.com.hk

發行——香港聯合書刊物流有限公司
香港新界大埔汀麗路三十六號
中華商務印刷大廈三字樓
電話：(852) 2150 2100 傳真：(852) 2407 3062
電子郵件：info@suplogistics.com.hk

印刷——美雅印刷製本有限公司
香港觀塘榮業街六號海濱工業大廈四樓A室

版次——二〇二〇年四月第一版第一次印刷

規格——三十二開（185mm×130mm）

ISBN——978-988-8573-88-2